KB253151

지붕 위의 방

THE ROOM ON THE ROOF

지붕 위의 방

러스킨 본드 지음

박산호 옮김

생각
학교

차례

오래된
옥탑방에게

네가 그립다는 말은 하지 못하겠어(가끔 거긴 징글징글하게
더웠거든). 하지만 내 인생에서 중요한 한 해를 보낸 그 작은
방에 분명 향수가 느껴지긴 해. 그 방은 오래전에 사라졌고,
그 자리에 좀 더 크고 인상적인 건물이 들어섰지. 하지만 내
첫 소설인 이 책 속에는 여전히 그 방이 존재한다고 말할 수
있어 행복해. 이 책이 나온 지 50년이나 됐는데도 여전히 찾
아주는 독자들이 있다는 점이 놀랍고 기뻐.

이 소설은 내가 학교를 졸업한 다음 해인 1951년에 시작
됐어. 그때 나는 영국으로 갈 날을 기다리며 여러 인도 잡지

에 단편을 써서 소소하게 용돈을 벌고 있었어. 그 무렵 일기에 내 친구들, 이웃들, 우리가 갔던 작은 소풍과 탐험들, 내가 품었던 희망과 미래에 대한 꿈도 적었지. 시간이 흘러 데라둔(인도 북서부에 위치한 도시)의 작은 방을 떠나 런던 하숙집 작은 다락방에서 살게 된 나는 인도에 두고 온 모든 것이 사무치게 그리워진 나머지 일기를 소설로 바꿔 썼지. 그리고 제목을 '지붕 위에 있는 방'이라고 지었어.

출판사 몇 곳에서 거부당한 이 원고는 마침내 다이아나 애스킬이라는 편집자의 호감을 받게 됐지. 다이아나는 당시 앙드레 도이치라는 출판사에서 일하고 있었어. 그 후로 다이아나는 자기 글을 써서 작가로서 성공하고 유명 인사가 됐지만, 내가 그녀를 처음 만났을 때 그녀는 나보다 고작 몇 살 많은 편집자였지. 다이아나가 내 원고를 유명한 비평가인 월터 알렌과 작가인 로리 리에게 보여주자 둘 다 격려의 말을 해줬지만, 내 소설을 출간하진 말라고 조언했어. 이 책을 출간하는 건 출판사로선 모험이 될 거라는 이유에서였지. 하지만 당시 출판사들은 가끔 모험이란 걸 했고, 앙드레 도이치는 나와 출판 계약을 맺고 선인세로 50파운드를 지급했어. 1953년 출판계에선 그게 표준 선인세였지.

결국 그 책이 나오기까지는 2년이나 걸렸고, 그즈음 나는 이미 인도로 돌아갔지!《지붕 위의 방》은 평단의 호평을 받았어. 독일어로 번역도 됐고, 1년 후에 존 르웰린 라이스 상|1942년에 제정된 영국에서 가장 오래된 문학상 중 하나이다.-옮긴이|도 받았어 (상금 50파운드를 또 받았지). 하지만 책이 잘 안 팔리는 바람에 출판사들은 나의 또 다른 책을 출판하려 하지 않았어. 그런데 1987년 펭귄 인도 출판사에서 개정판을 냈는데, 놀랍게도 책이 발매되자마자 대단한 인기를 끌었어. 그 후로 20년간 이 책의 독자가 어마어마하게 늘어났지. 개정판은 한 번도 절판된 적이 없고, 처음에 출간됐을 때보다 이 책을 읽는 독자들이 더 많아졌지.

이렇게 사뭇 '다른' 반응이 나온 이유가 뭘지 생각해 보니 그건 바로 이 책이 사춘기 소년이 쓴 사춘기 이야기였기 때문이었어. 이 소설은 작가가 이 소설을 썼을 때의 모습을 있는 그대로 담고 있지. 순진무구하고, 사람을 전적으로 신뢰하고,

인간의 애정과 우정을 갈구하는 모습 그대로 말이야. 이것은 대도시에 사는 청년으로서 내가 느낀 외로움에서 태어난 이야기야. 나는 그때 사무실에서 종일 일한 후 작은 하숙방으로 돌아와, 타자기에 종이 한 장을 끼운 후 내가 인도에 남겨두고 온 풍경들과 소리들, 얼굴들, 그들의 몸짓들, 그들이 한 말들과 중요한 순간, 그 순간의 분위기와 같은 모든 걸 되찾아보려고 애를 썼지.

맞아, 이것은 사랑과 가족을 열망하는 소년의 고독에서 태어난 이야기야. 우리가 십 대일 때만 품을 수 있는 열정과 강렬함을 담은 이야기고, 그래서 이 이야기가 오랜 세월 사라지지 않고 우리 곁에 살아남을 수 있었다고 생각해.

무수리, 랜드워
2014년 8월
러스킨 본드

가벼운 봄비가 바람에 실려 나무들 사이로, 길 위로 떨어진다. 봄비에 씻겨나간 공기가 기분 좋게 상쾌해지고, 흙 내음과 꽃향기가 사방으로 퍼져가자 길가에 서 있는 소년의 눈가에 미소가 떠올랐다.

기나긴 길이 언덕을 따라 구불구불 이어지면서 오르락내리락하며 데라¹까지 연결돼 있었다. 산에서 내려온 그 길은 정글과 계곡을 통과해 데라를 지나 시장 어딘가에서 끝이 났다. 하지만 거기가 어딘지는 아무도 모른다. 그 시장은 사람들이

¹ 인도 북서부에 위치한 도시 '데라둔'의 줄임말, 여기서는 시내 중심가를 뜻한다 - 옮긴이

길을 아주 쉽게 잃을 정도로 복잡한 곳이기 때문이다.

그 소년은 데라에서 약 5킬로미터 떨어진 곳에 있었다. 데라에서 더 멀리 떨어져 있을수록, 그가 더 행복해질 가능성도 컸다. 하지만 지금 그는 데라에서 고작 5킬로미터 거리에 있었기 때문에 그다지 행복하지 않았고, 설상가상 지금 집으로 걸어가는 중이었다.

소년의 피부색은 희고, 회색이 도는 파란 눈에 금발이었다. 피부는 거칠고 여기저기 여드름 자국이 있는 데다, 아랫입술은 무겁게 축 늘어져 있었다. 그는 호주머니에 두 손을 찔러 넣고 고개를 푹 숙인 채 걷고 있었다. 항상 그런 식으로 걸어서 얼핏 보면 아주 피곤해 보이는 인상이었다. 하지만 그는 게으를지언정 피곤한 사람은 아니었다.

그는 얼굴에 어룽지는 빗물과 빗물의 냄새와 상쾌함을 사랑했다. 주위를 둘러보거나 눈길을 주진 않았지만(그의 마음은 항상 아주 먼 곳에 가 있었다), 이 상쾌한 공기는 느낄 수 있어서 미소를 지었다.

그의 마음이 아주 먼 곳에 있어서 옆에서 자전거 바퀴가 스치는 소리를 알아차리기까지 몇 분이 걸렸다. 자전거를 탄 사람은 소년을 지나치지 않고, 옆에서 함께 달리면서 그를 유심히 관찰했다. 아무것도 쓰지 않은 머리, 맨 위 단추를 푼 셔츠, 플란넬 직물의 바지, 샌들, 허리에 찬 두꺼운 가죽 벨트까지. 유럽인 소년은 이제 데라에서 흔히 볼 수 있지 않았기 때문에 자전거를 타고 있는 소년 소미는 그에게 관심이 생겼다.

"안녕, 내가 시내까지 태워다줄까? 네가 시내에 간다면 말이야." 소미가 말했다.

"아니, 괜찮아. 난 걷는 거 좋아해." 소년이 걸음을 늦추지 않고 말했다.

"나도 그래. 하지만 비가 오잖아."

소미의 말에 무게를 실어주는 것처럼, 빗발이 더 거세졌다.

"난 빗속에서 걷는 거 좋아해. 그리고 난 시내가 아니라 시내 외곽에 살아." 소년이 대꾸했다.

멋진 사람들은 시내에 살지 않는다….

"흠, 내가 너희 집을 지나서 갈 수도 있잖아." 소미는 이 낯선 소년을 돕겠다는 의지를 굳힌 채 이렇게 고집을 부렸다.

소년은 다시 소미를 봤다. 소미는 반바지 차림으로 터번|머리에 둘둘 감은 수건-옮긴이|을 두르고 있었다. 다리는 길고 탄탄했고,

피부색은 특이하게도 아주 진한 황금색이었으며, 이목구비는 섬세했고, 입가에 아주 싹싹한 미소가 자주 떠올랐다. 천성적으로 마음이 따뜻한 그의 제안을 거부하기란 불가능했다.

소년이 자전거의 안장 앞 가로대 위에 올라타자, 소미가 페달을 밟기 시작했다. 자전거는 낮은 언덕 주위를 천천히 미끄러지듯 돌았다. 곧 길 양쪽에 있는 정글이 사라지고, 노지와 차밭이 보이다 여러 개의 과수원과 한두 채의 집이 나타났다.

"너의 집이 보이면 말해. 넌 부모님과 같이 사니?" 소미가 물었다.

소년은 모르는 사람들에게 수도 없이 받아본 그 질문을 잠시 생각해 봤지만 아무 대답도 하지 않았다.

"넌 데라가 좋아?" 소미가 다시 물었다.

"별로." 소년은 흔쾌히 대답했다.

"음, 영국에서 살다 왔다면 확실히 여기가 지루해 보이겠지…."

잠시 침묵이 흐른 후 소년이 대답했다. "영국에는 가본 적 없어. 난 여기서 태어났거든. 델리ㅣ인도의 수도이자 정치·행정 중심지- 옮긴이ㅣ 말고는 가본 곳이 없어."

“델리는 좋아해?”

“별로.”

두 소년은 한동안 말없이 자전거를 탔다. 비는 계속 내렸지만, 자전거는 비에 젖은 길 위로 매끄럽고 부드럽게 쉭쉭 소리를 내며 달려갔다.

얼마 못 가 한 남자가 시야에 들어왔다. 아니, 남자가 아니라 소년이었지만, 외모와 체격이 성인 남자처럼 보였다. 그 소년은 시내를 향해 걸어가고 있었다.

“어이, 란비르. 태워줄까?” 자전거가 건장한 소년과 가까워졌을 때 소미가 소리쳤다.

란비르가 얼른 달려와서 소미 뒤에 올라탔다. 자전거가 잠시 흔들렸지만, 이내 중심을 잡고 아까보다 조금 더 빨리 달리기 시작했다.

소미가 유럽인 소년의 귀에 대고 말했다. “얘는 내 친구 란비르야. 시장에서 가장 뛰어난 레슬링 선수지.”

“안녕.” 소년이 입을 열기도 전에 란비르가 먼저 말했다.

“안녕.” 소년도 인사했다.

그러고 나서 란비르와 소미가 펀자브어|인도 북서부에서 파키스탄

북부에 걸친 펀자브 지역의 공용어-옮긴이)로 엄청 빠르게 이야기하기 시작했는데, 소년은 당최 무슨 말인지 알아들을 수 없었다. 왠지 질투심이 느껴졌다. 그 순간 길 한 가운데 누군가 선 채로 미친 듯이 두 팔을 흔들며 알아들을 수 없는 말을 외치고 있었다.

"저 녀석, 수리 아냐?" 소미가 말했다.

안경을 쓴 올빼미처럼 생긴 수리는 거의 범죄자 수준으로 교활하고 머리가 좋아서 그를 아는 모든 이들에게 존경과 경멸을 동시에 받고 있었다. 시내에서 멀리 떨어진 이곳에서 그를 만나다니 묘한 일이었다. 수리의 관심은 언제나 사람들과 그들의 사생활에 국한되어 있었기 때문이다. 수리가 알게 된 타인의 사생활은 금방 모두 다 알게 된다. 그는 얼굴이 창백하고 비쩍 마른 데다 잔병치레가 잦았지만, 아마 란비르보다 오래 살 것이다.

"야, 나도 태워줘!" 수리가 소리를 질렀다.

"자리가 없어." 소미가 말했다.

"아, 그러지 말고, 소미. 이러다 난 물에 빠져 죽겠어."

"비도 그쳤잖아."

"아, 좀 봐줘…."

수리가 핸들 위에 올라타는 바람에 소미의 시야가 가려져 자전거는 가는 내내 흔들거렸다. 란비르는 계속 자전거에서 미끄러져 떨어졌다가 다시 타기를 반복했고, 유럽인 소년도 핸들을 잡고 있기가 몹시 불편해졌다. 소미가 간신히 자전거를 추스르고 있을 때 수리가 투덜거리기 시작했다.

"엉덩이 아파." 수리가 찡찡거렸다.

"여기에 쿠션 따위는 없어." 소미가 말했다.

"이건 자전거지 롤스로이스가 아니라고!" 란비르가 눈을 흘겼다.

갑자기 길이 가파르게 느껴졌고, 소미가 자전거의 속도를 올렸다. "천천히 좀 가, 이러다 나 날아가겠어!" 수리가 다급하게 말했다.

"다들 꽉 잡아. 이제부터는 내리막길이야. 브레이크가 신통치 않아서 최대한 빨리 가야 해." 소미가 경고했다.

"으악, 엄마야!" 수리가 울부짖었다.

"닥쳐!" 란비르가 쏘아붙였다.

갑자기 거센 바람이 그들을 강타하는 바람에 그들의 옷이 마치 풍선처럼 부풀어 오르고 모두 자전거에서 떨어질 뻔했다. 소년은 불편함도 까맣게 잊어버리고 필사적으로 핸들을 잡고 매달렸다. 너무 겁이 나서 비명조차 지를 수 없었다.

수리가 무섭다고 호들갑을 떨었고 란비르가 계속 그에게 닥치라고 소리를 질렀지만, 소미는 신나게 달리고 있었다. 그는 명랑하게 웃었고, 그 웃음소리는 사방으로 맑게 퍼져나갔다. 그 어떤 적의나 조롱도 없이, 오직 즐거움과 재미만 가득한 웃음이었다.

"넌 웃어도 괜찮지만, 만약 무슨 일이 생기면 내가 다친단 말이야!" 수리가 말했다.

"무슨 일이 생기면, 우리 다 다쳐!" 소미가 맞받았다.

"그래도 괜찮아." 뒤에서 란비르가 소리쳤다.

소년은 눈을 질끈 감고 하느님과 소미를 믿어보기로 했다. 하지만 무엇보다 소미를 더 믿….

"으악, 엄마!" 수리가 울부짖었다.

"시끄럽다니까!" 란비르가 말했다.

사정없이 구불구불한 길은 잠시 오르막이 된 뒤, 더 가파르게 내려갔다. 모두가 말을 잃은 채 달리던 중, 이윽고 주택가가 나타나면서 경사는 점차 완만해졌다.

"경주가 끝났군." 소미의 표정에는 약간의 아쉬움이 스쳤다.

"난 여기서 내려야 해. 우리 집이 바로 이 근처거든." 소년이 말했다.

소미가 자전거를 세우자, 수리가 핸들에서 얼른 뛰어내려 진창이 된 옆길에 섰다. 소년도 자전거에서 조용히 내려섰지만, 소미와 란비르는 그대로 앉아 있었다. 란비르는 자전거가 넘어지지 않게 한쪽 발을 땅에 고이고 있었다.

"음, 고마워." 소년이 말했다.

소미가 말했다. "우리랑 같이 가서 뭐 좀 먹지 않을래? 여기서 조금만 더 가면 돼."

소년의 낯가림은 좀처럼 가시지 않았다.

"난 집에 가야 해. 집에서 기다려. 오늘 정말 고마웠어."

"그럼 언제 우리 보러 와. 시장에 있는 챠트[과일이나 채소에 향신료를 섞어 만든 인도의 대표적인 길거리 음식-옮긴이] 가게에 오면, 우리 중 한 사람은 분명히 있을 거야. 시장 위치는 알지?"

"어, 차 타고 지나친 적 있어."

"아."

소년은 자전거에 타기 전처럼 호주머니에 두 손을 찔러 넣은 채 걸음을 옮겼다.

"이봐! 너 이름도 말해주지 않았잖아!" 소미가 핸들을 움직이면서 동시에 소리를 질렀다.

소년은 망설이다가 돌아서서 말했다.

"러스티…."

"그래, 우리 조만간 또 보자, 러스티." 소미가 자전거 페달을 밟았다.

소년은 자전거가 길 끝으로 점점 멀어지는 모습을 바라보았다. 바람을 타고 수리의 새된 목소리가 들려왔다. 비는 그쳤지만, 그는 눈치채지 못했다. 집이 가까워졌다는 사실이 떠오르자, 마음이 비참해졌다. 소미를 따라 데라에 갔더라면 좋았을 거라는 생각이 스치자, 그는 놀람과 함께 스스로에 대한 혐오감을 느꼈다.

그는 길가에 서서 소년들이 사라진 텅 빈 길을 멍하니 바라보았다. 이유를 알 수 없는 외로움이 밀려왔다.

2장

불가촉천민
소년

하얀 나비 한 마리가 선교사 아내의 풍만한 가슴에 내려앉자, 나비에게 선택받은 듯한 느낌이 들어서 기분이 좋아진 그녀는 나비를 애써 쫓지 않았다. 꽃이 하나둘씩 활짝 피기 시작한 정원은 그녀에게 큰 기쁨을 안겨주었다. 정원의 작은 생명체에도 연민을 느낀 그녀는 애벌레들을 밟지 않으려 조심조심 걸었다.

러스티의 후견인인 존 해리슨 씨는 이 선량한 부인의 들뜬 마음이 마뜩치 않았지만, 그래도 그녀의 비위를 맞추는 미소를 지어 보였다.

"내가 집에 없는 동안 러스티에게 제대로 일을 시켜봐요. 요샌 너무 망상에 빠져 지낸다니까. 이제 학업까지 마쳐서 학교 갈 일도 없으니 원, 녀석을 앞으로 어떻게 해야 할지…."

"그 아이도 막막할 거예요. 내가 할 일을 만들어볼게요. 잡초를 뽑거나 오후에 내게 책을 읽어주라고 하죠, 뭐. 그런 식으로 그 아이를 잘 지켜볼게요."

"좋아요." 후견인이 말했다. 마음의 짐을 내려놓은 그는 재빨리 그 자리를 떠났다.

점심을 먹으면서 해리슨 씨가 러스티에게 말했다.

"난 내일 델리에 갈 거야. 업무차 가는 거야."

그것이 식사 중에 그가 한 유일한 말이었다. 식사를 마치자마자 해리슨 씨는 담배에 불을 붙였다. 연기가 피어올라 두 사람 사이에 장막을 드리웠다. 골초인 그의 손가락은 하나같이 누렇게 얼룩져 있었다.

"언제 오실 건데요?" 러스티는 태연한 척 물었다.

해리슨 씨는 대답하지 않았다. 그는 늘 러스티가 묻는 말에 좀처럼 답하지 않았고, 그의 말은 대개 통보에 가까웠다. 언제

나 날카롭고 빠르게 뭔가를 묻거나 은근히 암시하는 말만 던 졌으며, 느긋하게 대화를 나눌 여유는 주지 않았다. 자신에 대해 이야기한 적도, 러스티와 무언가를 상의한 적도 없었고, 반론은 절대 용납하지 않았다.

그는 키가 크고 단정한 외모의 사내였다. 마흔이 넘었지만, 짧게 깎은 머리와 귀 위까지 면도한 구레나룻 덕분에 한결 젊어 보였다. 그리고 작은 생강 색 칫솔 같은 콧수염이 얼굴 위에 자리 잡고 있었다.

러스티는 후견인을 두려워했다. 사실 해리슨 씨는 러스티의 아버지와 사촌지간이었고, 부모가 세상을 떠난 뒤 그를 먹이고 재워주었으며, 돈을 대서 언덕 위의 '완전히 유럽식으로' 운영되는 비싼 학교에 보내주었다. 어찌 보면 그가 러스티를 키운 셈이었다. 러스티는 해리슨 씨에게 전적으로 의지하는 처지라서 뭐든 그의 뜻대로 해야 했다. 기꺼이 그럴 준비가 돼 있었고, 항상 그의 말에 복종했지만 두려움은 사라지지 않았다. 그의 침묵과 생강빛 콧수염 그리고 거실 장식장 속에 있는 낭창한 말라카 지팡이|말라카산 열대 나무로 만든 지팡이로, 영국 식민지 시대 지배와 권위, 징벌의 수단으로 쓰였다 - 옮긴이|가 두려웠다.

점심 식사가 끝나고, 러스티는 요리사에게 지시를 내리는 해리슨 씨 곁을 지나 자기 방으로 향했다. 창밖으로 정원 사이로 난 길이 보였고, 청소부 소년이 물 양동이를 들고 오갔다. 소년의 맨 허벅지에 양동이가 부딪칠 때마다 찰랑찰랑 소리가 났다. 그는 짙은 갈색으로 그을린 몸의 허리에 달랑 천한 조각만 두르고 있었고, 머리는 반들반들하게 삭발했다. 소년은 청소하느라 물탱크를 오갔고, 돌아올 때마다 물에 흠뻑 젖은 몸이 물기로 반짝였다.

러스티를 제외하면, 데라의 유럽인 공동체|1858년 인도가 영국의 식민지가 된 이후 유럽인들이 인도에 들어와 그들만의 공동체를 이루며 살았다. 1946년 독립 이후 대다수의 유럽인들이 본국으로 돌아갔고, 이 소설의 배경은 독립 이후이다-옮긴이|에 단 하나 있는 소년이 바로 이 청소부 소년이었다. 그는 카스트 제도에서도 가장 낮은 계급인 불가촉천민으로, 냄비를 닦고 청소하는 일을 도맡았다. 하지만 러스티와 청소부 소년이 말을 섞는 일은 거의 없었다. 하나는 하인이고, 또 하나는 유럽인이기 때문이다. 러스티는 '청소부와 노는 건 비위생적이야…'라고 중얼거리곤 했다.

선교사의 아내도 말했다. "네가 인도인이라고 해도 저 청소하는 아이와 놀면 안 돼."

그럴 때마다 러스티는 생각했다.

'그럼 저 아이는 대체 누구랑 놀 수 있단 말인가?'

청소부 소년이 창가를 지나며 생긋 웃어 보였지만, 러스티는 고개를 홱 돌려버렸다.

멎나무 가지 너머로 산들이 보였다. 데라는 산기슭의 계곡에 자리하고 있었고, 점차 사라져가는 유럽인 공동체는 마을 외곽에 있었다. 존 해리슨 씨의 집을 비롯해 이곳의 집들은 모두 영국식으로, 앞쪽에는 깔끔한 정원이 있고, 대문마다 문패가 달려 있었다. 주변 환경이 지극히 영국적이어서, 이곳 주민들은 자기들이 히말라야 산기슭에 그리고 인도의 울창한 정글 한가운데 살고 있다는 사실을 종종 잊어버리곤 했다. 진짜 인도는 약 2킬로미터 떨어진 시장에서부터 시작되었다.

러스티가 듣기로는, 시장은 매력적인 곳이었다. 해리슨 씨의 자동차에서 바라본 시장의 풍경만으로도 설레서 심장이 사정없이 뛰고 상상력이 솟구치곤 했다. 하지만 그곳은 러스티에게 금지된 땅이었다. 선교사 부인은 시장이 '도둑과 세균이 들끓는 곳'이라고 했다. 러스티는 꿈속 말고는 그곳에 들어가 본 적이 단 한 번도 없었다.

해리슨 씨와 선교사들과 그들의 이웃들에게는 벚꽃이 만발한 이 공동체가 바로 인도였다. 그들은 시장과 진짜 인도가 그리 멀지 않다는 사실을 알고 있었지만, 시장에 대해서는 입에 올리지 않는 편을 택했다.

공동체 주민들은 대개 노인들이다. 많은 사람들이 인도가 영국으로부터 독립하자 고향으로 갔다. 남은 사람들은 새 인생을 시작하기엔 너무 늙었기 때문에 안 간 것이다. 고향에는 하인도 없고, 햇빛도 거의 볼 수 없을 테니까. 그들은 자신들의 운명을 투덜거리고 정부를 비난했지만, 이곳에선 그들이 가진 돈으로 안락함—이를테면 하인들, 좋은 음식, 위스키, 거의 모든 걸—을 살 수 있다. 그들이 가장 소중하게 여기는 위엄만 제외하고….

러스티의 후견인은 이웃들과 같은 삶의 안락함을 즐기며 살고 있긴 하지만, 그들과는 다른 이유로 이 나라에 남아 있었다. 그는 누가 인도를 다스리든 상관없었다. 자신의 사업체를 뺏어가지만 않는다면. 그는 넓은 차밭과 숲이 있는 땅을 소유했고, 그곳에서 사슴과 멧돼지를 사냥했다.

이 공동체에서 유일한 백인 소년인 러스티는 모든 사람, 특히 부인들의 관심을 한 몸에 받았다. 하지만 그는 매우 외로웠다. 매일 길을 따라 걷고, 언덕을 넘으며 미래에 대해 골똘히 생각했다. 갑작스럽고 완벽한 동료애나 로맨스와 영웅적인 일들이 생기길 꿈꾸면서 현재에 대해서는 거의 생각하지 않았다. 요전 날처럼 또래 친구를 사귈 기회가 생겨도 혼자 있는 편이 더 좋아서 슬그머니 피해버리곤 했다.

그렇게 혼자 빈둥거릴 때면 조각조각 떠오르는 유년기의 기억들이 밀려왔다. 부모님이 어떤 사람이었는지는 기억할 수 없지만, 마음속은 각양각색의 조개들로 뒤덮인 모래 해변들의 풍경으로 가득 차 있었다. 그들은 쿠치만 서해안에 살았다. 그 장면 속에 있는 축음기에서 그레이시 필드|1898년에 영국에서 태어난 가수이자 배우-옮긴이|와 해리 로더|1870년에 태어난 스코틀랜드의 가수이자 코미디언-옮긴이|의 노래가 흘러나왔고, 화물선 선장이 어린 러스티에게 초콜릿과 《더 댄디》,《비아노》,《타이거 팀》과 같은 영국 만화책들을 줬고 그가 가본 멋진 나라들에 대해 들려줬다. 하지만 해리슨 씨는 러스티의 유년기나 그의 부모에 대해 일절 말해주지 않았고, 그 침묵이 소년의 머릿속에

떠도는 애매하고 불확실한 기억을 더 아득하고 신비롭게 만들었다.

러스티는 화장대 거울에 비친 자기 얼굴을 꼼꼼히 살펴보면서 오랜 시간을 보냈다. 얼굴에 난 여드름을 무시하면 얼핏 세상 물정에 밝고 매력적인 청년의 얼굴이 비쳤다. 열여섯 살밖에 안 됐지만, 그는 자신이 훨씬 더 나이 많게 느껴졌다.

그는 백인이지만, 두툼한 아랫입술과 튀어나온 광대뼈는 그를 몽골인처럼 보이게 했다. 특히 어스름할 때 보면 더 그랬다. 그는 이 공동체에서 자기와 비슷하게 생긴 사람이 하나도 없는 이유를 종종 궁금해했다.

* * *

존 해리슨 씨는 델리에 간다.

러스티는 후견인이 없는 틈을 최대한 이용할 생각이었다. 앞으로 며칠 동안 누릴 수 있는 자유를 마음껏 즐길 것이다. 탐험하고, 길을 잃고, 아주 멀리까지 걸어갈 것이다. 비록 그것이 새로운 꿈을 꾸기 위한 장소들을 찾는 것에 불과할지라도.

침대에 몸을 던진 그는 내일 할 일을 머릿속에 그려봤다…
어디로 갈까? 산으로 갈까? 숲으로 갈까? 아니면 마음속 악마
의 속삭임을 따라 데라의 시장에 가볼까?

내일이면 알게 되겠지, 내일이면….

아침 공기는 쌀쌀했지만 상쾌했다. 태양이 언덕 위로 솟아 오르자 계곡을 뒤덮은 안개가 걷히고, 피로 물든 듯 붉은 하늘도 서서히 개었다. 땅은 이슬에 촉촉하게 젖어 있었다.

널찍한 초원 광장에서 란비르와 다른 소년이 레슬링을 하고 있었다. 그들의 근육은 잔물결처럼 움직이고, 기름을 듬뿍 바른 팔다리는 지평선에 떠오르는 첫 햇살을 받아 반짝였다. 소미는 자기 집 베란다 계단에 앉아 긴 머리를 풀어 무릎 위로 늘어뜨린 채 아침 햇살에 말리고 있었다. 수리는 여전히 담요 속에 폭 파묻혀 세상모르고 쿨쿨 자고 있었다. 그는 아침에도 햇살에도 아무 관심이 없었다.

러스티는 후견인이 차의 운전석에 편안하게 자리를 잡을 때까지 문 앞에 서서 그 차가 도로 모퉁이를 돌아 사라질 때까지 꼼짝도 하지 않았다. 거대한 콜리플라워 같은 체격의 선교사 아내가 느닷없이 울타리 뒤쪽에서 일어나 외쳤다.

"좋은 아침이다, 얘야! 아침에 시간 괜찮으면 이 울타리 다듬는 것 좀 도와줄래?"

선교사 부인은 러스티를 정원 일로 자주 부려 먹었다. 울타리를 다듬거나, 화단의 잡초를 뽑고 물을 주라고 시키거나, 아니면 정원에 깔린 길에서 돌멩이를 치우라고 하거나, 딱정벌레와 무당벌레를 잡아 담 너머로 던지라고 했다.

"아, 좋은 아침입니다. 사실, 전 산책하러 가려고요. 돌아와서 도와드리면 안 될까요? 금방 올게요…." 러스티가 더듬더듬 대답했다.

한 번도 싫다고 한 적이 없었던 러스티의 입에서 그런 말이 나오자 선교사 부인은 깜짝 놀랐다. 미처 반박하기도 전에, 러스티는 이미 나가버렸다. 아줌마가 다시 그를 부를까 봐 무서워서였다. 아줌마는 친절한 사람이지만 말이 너무 많고 지루했다. 그리고 정원 일이 끝나면 다음에 어떤 일이 벌어질지 러스티는 알고 있었다. 묽은 홍차나 레모네이드를 마시라고 할 것이고, 그러고 나면 카드 뺏기 게임을 하자고 하겠지.

하지만 다행히 아줌마는 이렇게 외쳤다. "그래라, 애야. 어서 다녀와. 나쁜 짓은 하지 말고!"

러스티는 선교사 부인에게 손을 흔들어 보이고 재빨리 걸어갔다. 그가 택한 길은 평소에 다니던 길이 아니었다. 길은 시장으로 이어져 있었다. 일렬로 늘어선 깔끔하고 작은 집들을 지나자 데라의 서구화된 쇼핑센터가 나왔다. 유럽인들과 부유한 인도인들, 무수리로 가는 미국 여행자들은 이곳의 근사한 레스토랑에서 식사하고 금지된 알코올을 마실 수 있었다. 뭐든 근사하고 세련된 것을 두려워하고 불신하는 러스티는 서둘러 쇼핑센터를 지나쳤다.

시장 근처에 시계탑이 있지만 정작 시계는 달려있지 않았다. 사람들이 돈을 모아 탑을 지었지만, 돈이 모자라 미처 시계는 달지 못했다. 시계탑은 지난 5년 동안 제구실은 하지 못했지만, 이정표로서는 한몫했다. 시계탑 반대편에는 시장이 있고, 그 안에 진짜 인도가 있다. 이 셋 그러니까 시장, 인도, 삶 그 자체는 러스티에게 금지된 세계였다.

시계탑에 도착했을 때 러스티의 심장이 세차게 뛰었다. 그는 이제부터 후견인과 그가 속한 공동체의 암묵적인 규칙을 깨뜨릴 작정이었다. 긴장한 그는 머뭇거리면서 손톱을 물어뜯으며 시계탑 밑에 서 있었다. 후견인에게 들켜서 벌을 받을까 봐 무서웠지만, 호기심이 너무 큰 나머지 결국 시장 안으로 발을 들였다.

시장과 인도, 그리고 인생이 한데 뒤섞여 파도처럼 밀려드는 소음과 혼란으로 엉키며 펼쳐지기 시작했다. 러스티는 북적거리는 사람들 속으로 들어갔다. 시장의 길은 덥고 답답했으며, 상인들이 외치는 소리로 시끌시끌한 데다 소들의 냄새와 발효된 똥 냄새로 가득 차 있었다. 아이들은 골목에서 땅따먹기를 하거나 동전을 걸고 내기를 하다가 잃어버린 안나|영국 식민지 시절 사용된 동전-옮긴이|를 찾아 도랑에서 몸싸움을 벌였다. 사람들 사이로 소들이 느릿느릿 걸어 다니며, 종이와 버려진 시든 채소들을 찾아 여기저기 냄새를 맡고 다녔다. 좀 더 대담한 소들은 노점에 놓인 채소를 우적우적 씹어먹었다. 이

불규칙한 소음의 리듬을 뚫고 확성기에서 흘러나오는 인기 가요가 요란하게 사방에 울려 퍼졌다.

러스티는 이동하는 사람들을 따라 움직이면서, 길가에 누워 있는 거지들을 보고 홀린 듯 눈을 뗄 수 없었다. 벌거벗고 비쩍 말라 반만 사람 같은 존재들, 뼈만 남은 이들, 온몸이 종기로 뒤덮여 있는 사람도 있었다. 죽어가는 노인들, 죽어가는 아이들, 엄마 젖을 빨고 있는 갓난아기들…, 삶과 죽음이 함께 있었다. 러스티는 기이하게도 이들에게서 아무런 감정을 느끼지 못했다. 아마 그들이 더는 사람으로 보이지 않거나, 자신이 그와 같은 처지에 놓인 모습을 상상할 수 없었기 때문일 것이다. 시장에 있는 사람들도 그들에게 무심했다. 마치 소들과 확성기의 소음처럼 거지들은 시장에서 자연스럽게 생겨났고, 오직 부자들(양심의 가책을 덜기 위해 동전 몇 개를 건네주는)만이 거지들의 존재를 의식하고 있었다.

시장 안의 작은 상점들은 하나하나가 다 달랐다. 촉촉한 초록색 채소가 놓여 있는 가판대 옆에는 과일 가게가, 그 옆에는 차와 빈랑잎[인도 등 동남아시아에서 자라는 빈랑나무의 잎으로 껌처럼 씹는다-옮긴이]을 파는 가게가 있었다. 또 그 옆에는 점술사가 좌판을 벌여놓았다. 그 옆 장난감 가게에서는 화려한 색깔의 자질구레한 물건들을 팔고 있었다. 장난감 가게를 지나 한 가게 문밖으로 연기구름이 뿜어져 나왔다.

호기심이 생긴 러스티가 연기가 흘러나오는 가게로 걸음을 옮기려는 그때, 반대편에서 자전거를 탄 소미가 다가오고 있었다. 소미는 자전거를 탄 채 연기 나는 가게 안으로 들어가려는 듯했다. 그런데 유감스럽게도 그의 앞을 마하라니가 떡하니 막고 있었다. 마하라니는 시장에 돌아다니는 암소들의 대장으로, 어떤 사람이 지나가든 절대 비켜주지 않았다|인도 인구의 약 80%가 힌두교 신자로, 소를 숭배한다-옮긴이|. 소미의 자전거 속도는 줄어들지 않았다. 둘은 부딪힐 게 뻔했다.

소미를 알아보지 못한 러스티는 암소를 불쌍하게 여겼다. 하지만 악마가 장난을 친 건지 아니면 자전거 바퀴에 문제가 있었는지, 소미는 마하라니를 피하려다 러스티와 부딪쳤다. 그 바람에 러스티는 도랑으로 굴러떨어졌다. 러스티는 선교사 부인의 스위트피|콩과의 원예 식물-옮긴이|와 가끔 화장실에서 풍기는 소독제 냄새에 익숙해져 있었지만, 도랑에서 나오는 썩은 채소 냄새와 부엌에서 나오는 구정물의 악취에 질색했다.

"대체 이게 무슨 짓이야?" 러스티는 냄새 때문에 숨을 쉴 수 없어 컥컥거리며 소리를 질렀다.

"안녕. 내 잘못은 아니지만 정말 미안해. 어쨌든 이렇게 다시 만났네!" 소미가 그의 팔을 잡아 일으켜 세우면서 말했다.

러스티는 어디 다친 데는 없는지 몸을 더듬어봤다가 괜찮은 걸 확인하고 다시 소리를 질렀다. "이거 봐, 나 완전 쓰레기가 됐잖아!"

소미는 러스티의 몰골을 보고 터져 나오는 웃음을 참을 수 없었다. "오, 그건 쓰레기가 아니라 양배추에서 나온 물일 뿐이지! 걱정 마. 옷은 금방 마를 테니까…."

그의 웃음소리가 명랑하게 울려 퍼졌다. 그 웃음에 깃든 마치 음악 같은 뭔가가 러스티의 마음을 건드려서 덩달아 유쾌해졌다. 싱긋 웃고 있는 소미의 입가에 걸린 미소는 다정했고 부드러운 갈색 눈동자는 러스티를 살짝 놀리는 것처럼 보였다.

"어쨌든 미안해." 소미는 손을 내밀며 말했다.

러스티는 그 손을 잡지 않고 소미의 터번부터 슬리퍼까지 위아래로 훑어보다가 마지못해 입을 열었다. "빨리 비키기

나 해.”

“잘난 척하긴.” 소미는 꿈쩍도 하지 않고 대꾸했다.

“잘난 척한 게 아니야.” 러스티가 말했다.

“그럼 좀 전의 사고는 잊어버려도 되잖아.”

“넌 날 피할 수도 있었는데 시도조차 하지 않았잖아.”

“넌 줄 몰랐어. 게다가 너를 피했다면 암소와 부딪혔을 거야! 네가 마하라니를 몰라서 그러는데, 만약 내가 암소를 다치게 했으면 무지하게 화가 나서 날뛰느라 시장을 박살 냈을 거야! 자, 이제 그만하고 나랑 가서 챠트나 먹자.”

러스티는 챠트가 뭔지도 몰랐지만, 거절하기도 전에 소미가 그를 얼싸안고 안개가 피어오르는 가게로 들어갔다.

처음에는 아무것도 보이지 않다가 안개가 서서히 걷히더니, 마치 빛나는 신처럼 온몸이 기름기로 번들거리는 살집 좋은 사내가 눈앞에 나타났다. 그의 앞에는 석탄불 위에 놓인 거대한 냄비가 있었고, 그 안에서는 기름이 파도처럼 출렁이며 지글지글 끓고 있었다. 사내는 민첩하고 노련한 손놀림으로 냄비 속 감자전을 모양 잡아 연신 뒤집었다.

가게 안은 연기와 김의 장막이 두껍게 깔려서 잘 보이지 않았지만, 왁자지껄한 소리로 손님이 많은 걸 알 수 있었다. 느닷없이 바나나잎으로 만든 접시가 러스티의 손바닥에 쓱 올라왔고, 그 위에 감자전 두 개가 올려졌다. 이런 곳은 처음이라 러스티는 어리둥절했다. 소미가 그런 러스티의 어깨를 힘껏 눌러 바닥에 앉혔다.

"먹어봐!" 이건 티키|감자나 콩류를 으깨어 양념한 뒤 납작하게 빚어 기름에 튀기거나 구운 음식-옮긴이|라고 해. 먹어보고 맛있으면 말해줘."

러스티는 살짝 맛을 봤는데 뜨거웠다. 조금 기다렸다가 다시 한 입 먹어보았다. 여전히 뜨거웠지만, 아까와는 느낌이 달랐다. 뭔가 독특하고 흥미로운 맛이 났다. 지금까지 먹어본 그 어떤 음식과도 다른 맛이었다. 좀 의심스럽기도 했지만, 호기심이 동한 그는 티키를 다 먹고 몸에서 어떤 반응이 나올지 기다렸다.

"이거 먹어본 적 있어?" 소미가 물었다.

"아니. 처음이야. 먹으면 어떻게 되는데?" 걱정된 러스티가 물었다.

"처음엔 속이 좀 괴로울지도 모르지만 자주 먹으면 익숙해질 거야. 그러니까 남은 하나도 마저 먹어."

러스티는 자기가 남의 말을 얼마나 순순히 따르는지 모르고 있었다. 처음에는 소미에게 화가 나서 무례하게 굴었지만, 소미가 웃은 후로는 그가 하는 말에 토 달지 않고 시키는 대로 하고 있었다. 소미는 면 튜닉|소매가 없고 무릎까지 내려오는 헐렁한 웃옷-옮긴이|과 반바지를 입고 책상다리하고 앉아서 발을 허벅지에 바짝 붙이고 있었다. 팔다리는 황갈색으로 그을려 있었지만, 벌어진 튜닉 사이로 보이는 속살은 하얬다. 그의 손은 지저분했지만, 많은 것을 말해주는 손이기도 했다. 꿈을 꾸는 듯한 짙고 동그란 갈색 눈동자는 아주 깊어 보였다.

그가 말했다. "내 이름은 소미야. 네 이름도 말해줘, 내가 깜박 잊었거든."

"러스티…."

"안녕하세요. 러스티, 만나서 아주 반가워요. 우리 전에 만난 적이 있나요?" 소미가 장난스레 말했다.

러스티는 삐진 척하려고 애를 쓰면서 그렇다고 웅얼거렸다. "그건 아주 오래전이었잖아. 이제 우리는 친구야, 그렇지. 완전 단짝 친구!"

러스티는 계속 작은 소리로 꿍얼거렸지만, 소미가 내민 따뜻하고 진흙투성이인 손을 잡고 흔들었다. 그는 바나나잎 접시에 놓인 티키를 다 먹고 또 하나를 받았다. 그러고 나서 말했다. "안녕하세요, 소미. 만나서 아주 반가워요."

선교사 부인이 정원 울타리 너머로 고개를 쑥 내밀더니 환한 미소로 그를 반겼다. 러스티도 허둥지둥 미소로 화답했다.

"여태 어디 있다 온 거니, 애야? 점심은 나랑 같이 먹을 줄 알았는데. 넌 한 번도 이렇게 오래 나가 있었던 적이 없잖아. 네가 없어서 정원 일은 내가 다 했단다… 산책은 즐거웠니? 목마르겠다. 들어가서 시원한 레모네이드 한 잔 마시렴. 오랫동안 산책한 후에 얼음 넣은 레모네이드를 마시는 것처럼 상쾌한 건 없단다. 내가 어렸을 때 데라에서 무수리까지 걸어가야 했던 기억이 나는구나, 그때 보온병에 레모네이드를 가득 채워서…."

부인의 말은 허공에 맴돌았다. 러스티는 사라진 지 오래였다. 아줌마의 레모네이드를 거절해서 기분을 상하게 하고 싶지 않았지만, 챠트 가게라는 신세계를 맛보고 나니 레모네이드는 그저 시큰둥할 뿐이었다. 하지만 이번 주 일요일에는 교회와 선교사 아줌마와 그녀의 정원을 가꾸는 데 쓰이는 헌금을 평소보다 4안나 더 보태서 내기로 결심했다. 그렇게 착한 생각을 하면서 자기 방으로 들어갔다.

청소부 소년이 들고 있는 양동이를 덜걱거리면서, 물이 고인 길을 맨발로 철벅철벅 밟으며 창가를 지나갔다. 러스티는 침대에 몸을 던졌다. 이제 그의 상상력은 새롭게 발견한 현실을 토대로 그 위에 꿈을 쌓아 올리기 시작했다. 소미를 다시 만나기로 약속했기 때문이다.

다음 날 그의 발걸음이 그를 다시 시계탑을 지나고 또 근사한 가게들을 지나, 후견인의 집에서 아주 멀리 떨어진 곳에 있는 시장의 챠트 가게로 이끌었다. 살집이 넉넉한 '티키의 신'이 러스티를 보자 환하게 미소를 지어 보였는데, 이제 이 소년이 그의 단골이 될 것 같다는 표정처럼 보였다. 바나나 잎 접시 위에 올려진 티키에는 양념 소스가 뿌려져 있었다.

"안녕, 내가 좋아하는 절친." 소미가 주위를 둘러싼 뿌연 김 속에서 불쑥 나타났다. 대충 꿰어신은 그의 슬리퍼에서 '촙촙 촙' 소리가 났다. 그가 끈 한 가닥으로 고정된 슬리퍼를 신고 걸을 때마다 슬리퍼 뒤쪽이 뒤꿈치를 찰싹찰싹 치는 소리가 났다.

"네가 다시 와서 기뻐. 티키는 먹어봤으니 오늘은 다른 걸 먹어봐. 골 구파스 어때?"

소미는 슬리퍼를 벗고 러스티 옆에 앉았다. 러스티는 땅바 닥 위에 제대로 책상다리하고 앉는 데 간신히 성공했다.

소미가 말했다. "너에 대해 말해줘. 넌 어쩌다 불운하게 영 국인이 된 거야? 어떻게 여기서 평생 살았으면서 챠트 가게 에는 처음 와본 거야?"

"음, 나의 후견인 아저씨가 아주 엄격하셔. 아저씨는 나를 영국식으로 키우고 싶었고, 성공한 셈이지…."

"지금까진 그랬지." 소미는 그렇게 말하고 웃음을 터트렸다. 웃음소리가 그의 목구멍 속에서 물결치듯 밀려 나와 파도처럼 부서지면서 연기를 뚫고 울려 퍼졌다. 그때 그들 앞에 덩치 큰 사람의 형체가 희미하게 보였다. 러스티는 지난번에 자전거를 타고 가다가 만났던 소년 란비르인 것을 알아봤다.

"내가 좋아하는 또 다른 절친이 오네." 소미가 말했다.

란비르는 미소를 짓진 않았지만, 입을 헤 벌린 채 멍한 표정으로 러스티를 보면서 고개를 끄덕였다. 그러자 헝클어진 머리카락이 이마 위로 흘러내렸다. 검고 덥수룩한 머리카락이 어찌 손을 써볼 수 없을 정도로 사정없이 흐트러졌다. 그는 큼지막한 파자마|인도와 중동 지역의 전통 옷에서 유래한 헐렁한 바지로 요즘의 잠옷과는 조금 다르다-옮긴이| 바지 위에 긴 흰색 면직 튜닉을 바지 밖으로 꺼내 입고 있었다. 신발을 신지 않은 발은 더럽지만 크고 강해 보였다.

"안녕." 란비르는 수줍음을 감추려는 듯 걸걸한 목소리로 인사했다. 그러고 한동안 입을 다물었지만, 음식은 같이 먹었다. 그들은 감자와 구아바와 오렌지로 만든 매콤한 샐러드인 챠트를 먹었다. 그다음엔 구운 밀가루로 만든 컵 안에 매운 소스를 가득 채운 음식인 골 구파스를 먹었다. 마음이 편해진 러스티는 같이 있는 소년들에게 언덕에 있는 그의 학교, 후견인과 같이 사는 집, 후견인인 해리슨 씨 그리고 낭창낭창한 말라카 지팡이에 대해 말했다. 소년들은 재미있게 그 이야기를 들었다. 듣자 하니 러스티는 지금까지 아주 따분한 인생을 살아온 듯해서 소미와 란비르는 그를 가엾게 여겼다.

"내일은 홀리야. 넌 나랑 꼭 같이 놀아야 해. 그럼 너는 내 친구가 될 거야." 란비르가 말했다.

"홀리가 뭐야?" 러스티가 물었다.

란비르가 깜짝 놀란 표정으로 그를 바라봤다. "홀리를 모른단 말이야! 홀리는 힌두교에서 하는 색의 축제야! 봄이 오는 걸 기념하는 이날 우리는 서로에게 물감을 던지고 소리를 지르고 노래면서 온갖 고통을 잊어버리지. 색은 봄의 재탄생과 우리의 마음속에서 새 인생이 시작된다는 의미거든… 그걸 모르다니!"

러스티는 갑작스럽게 쏟아지는 란비르의 달변에 다소 당황했고, 그 게임이 슬슬 의심스러워지기 시작했다. 물감을 사방에 던지며 논다니, 원시적인 오락처럼 느껴졌다.

"난 거기 가면 혼날지도 몰라. 어쨌든 시장에도 오면 안 되거든. 후견인 아저씨가 언제 돌아올지도 모르고…"

“말 안 하면 되지.” 란비르가 말했다.

“오우, 아저씨는 다 알아내는 수가 있어. 날 두들겨 팰 거야.”

“흥!” 표정이 풍부한 란비르의 얼굴에 실망과 조금은 정이 떨어진 듯한 표정이 떠올랐다. “넌 그저 옷이 못 쓰게 될까 봐 겁먹은 거지? 그렇지? 잘난 척하는 속물이구나.”

소미가 웃었다. “나도 어제 얘에게 그렇게 말했다니까. 그 말을 듣고 나서야 챠트 가게에 따라오더라고. 앞으로 얘가 변명을 늘어놓을 때마다 속물이라고 부르자.”

러스티는 이 가게가 아주 마음에 들었다. 그는 목이 화끈거리고 뱃속에서도 불이 나는 것처럼 느껴질 때까지 골 구파스를 먹고 또 먹었다. 그는 홀리에는 별로 관심이 없었다. 챠트 가게에서 새롭게 발견한 재미를 한껏 즐기는 것만으로도 만족스러웠다. “음, 생각해 볼게… 아저씨가 내일까지 안 돌아오면 홀리에 갈게. 그럼 됐지?”

란비르는 기뻐하며 말했다. “그럼, 너희 집 뒤에 있는 정글 숲에서 기다릴게. 아침에 정글에서 북소리가 들리면 나인 줄 알고 나와.”

“너도 거기서 기다릴 거야, 소미?” 러스티가 물었다. 어쩐지 소미와 같이 있으면 안전하게 느껴졌다.

"난 홀리는 안 가. 있지, 난 란비르와 다르거든. 난 터번을 썼고, 란비르는 안 썼잖아. 그리고 나는 손목에 팔찌를 차고 있잖아. 이건 내가 시크교도란 뜻이야. 우리 시크교도는 홀리에 가지 않아. 하지만 모레 여기 차트 가게에서 다시 만나자."

가게를 나간 소미는 연기와 수증기 속으로 사라졌지만, 한동안 그의 슬리퍼에서 나는 찹찹 소리가 들렸다. 그러다 시장의 더 요란한 소음에 묻혀 그것마저 사라졌다.

시장 사람들은 계산대에서 물건 가격을 흥정하고 있었고, 아이들은 봄볕 속에서 놀고 있었고, 개들은 서로의 관심을 끌려고 애를 쓰고 있었고, 란비르와 러스티는 계속 골 구파스를 먹었다.

＊ ＊ ＊

봄치고는 기이할 정도로 따뜻하고 나른한 오후였다. 마치 봄과 다가오는 여름 사이에서 잠시 쉬어가는 느낌이었다. 러스티가 집에 돌아왔을 때 해리슨 씨의 자동차가 진입로에 서 있었다.

차를 본 순간 러스티는 몸에 힘이 쭉 빠지면서 겁이 났다. 후견인 아저씨가 이렇게 일찍 돌아올 줄 몰랐고, 사실 그의 존재조차 거의 잊어버리고 있었다. 순식간에 챠트 가게와 소미와 란비르는 머릿속에서 사라지고, 공황 상태에 빠진 러스티는 베란다 계단을 뛰어 올라갔다.

해리슨 씨는 계단 맨 위에 있는 야자나무 화분들 뒤에 서 있었다. 러스티가 말했다. "아, 안녕하세요. 돌아오셨군요!" 달리 뭐라고 해야 할지 알 수 없었지만, 그나마 그 인사를 열정적으로 해보려고 애썼다.

"온종일 어디 있었던 거냐?" 해리스 씨는 깜짝 놀란 러스티에겐 눈길도 주지 않은 채 물었다. "이웃 사람들이 네가 요즘 도통 보이지 않는다고 하던데."

"산책하러 나갔어요."

"넌 시장에 갔잖아."

러스티는 아니라고 부인하기 전에 망설였다. 아저씨는 이제 그를 똑바로 보고 있었다. 거짓말을 하려면 시선을 피해야 하는데 그럴 수도 없는 일이고….

“맞아요. 시장에 갔어요.”

“왜 갔는지 물어봐도 될까?”

“할 일이 없었거든요.”

“할 일이 없으면 이웃집을 방문할 수도 있었잖아. 시장은 네가 가면 안 되는 곳이야. 너도 알고 있잖아.”

“하지만 아무 일도 일어나지 않았어요….”

“내 말의 요지는 그게 아니잖아.” 평소엔 무미건조한 해리슨 씨의 목소리가 살짝 날카로워졌다. 이어 속사포처럼 빠르게 말했다. “요지는 내가 너에게 절대 시장에 가지 말라고 했다는 거지. 넌 여기, 이 집, 이 길, 이 사람들의 일원이야. 네가 있어선 안 될 곳에는 가지 마.”

러스티는 그 말에 이의를 제기하고, 반항하고 싶은 마음이 굴뚝같았지만, 해리슨 씨에 대한 공포 때문에 말문이 막혔다. 아저씨의 권위에 저항하고 싶었지만, 유리 장식장 안에 들어 있는 낭창낭창한 말라카 지팡이를 의식하지 않을 수 없었다.

“죄송해요….”

하지만 러스티가 겁을 집어먹었다고 해서 상황이 달라지진 않았다. 해리슨 씨는 유리 장식장으로 가서, 지팡이를 꺼내,

손에 쥐었다. 그리고 말했다. "죄송하다는 말로는 부족해. 진심으로 그렇게 느껴야 하는 거야. 소파에 두 손을 대고 허리를 숙여."

러스티는 시키는 대로 소파를 향해 허리를 숙인 채, 이를 악물고, 소파에 있는 쿠션을 두 손으로 힘껏 잡았다. 지팡이가 공기를 가르면서 휙 소리를 내며 그의 엉덩이를 철썩 내리치자 먼지가 풀썩 일었다. 처음에는 아무 고통도 느껴지지 않았다. 하지만 후견인은 방금 그 매질의 충격이 피부에 스며들기를 기다렸다가 두 번째로 매섭게 내리쳤다. 이번에는 아팠다. 엉덩이가 얼얼하면서, 살이 타들어 가는 것 같았고, 남아 있는 매질이 더 두려워졌다.

낭창낭창한 말라카 지팡이가 여섯 번째로 그의 엉덩이를 내리쳤다. 평소에는 그게 마지막이라 그 순간 러스티는 악 소리를 지르며 소파에서 일어나 방을 뛰쳐나갔다.

그는 고통이 가라앉을 때까지 침대에 누워 신음했다. 맞은 부위가 너무 쓰라려서 손도 댈 수 없었다. 버둥거리면서 가까스로 바지를 벗고는 거울에 엉덩이를 비추고 꼼꼼하게 살펴봤다. 해리슨 씨의 매질은 무시무시하게 정확했다. 엉덩이 양쪽에 매를 맞은 흔적이 짙은 보라색으로 부풀어 올랐고, 피가 조금씩 허벅지로 흘러내리고 있었다. 차가운 저녁 공기에 피가 서늘하게 느껴져 통증이 조금 줄어드는가 싶었지만 붉은 피를 눈으로 보는 순간 러스티는 기절할 것 같았다

그는 침대에 엎드려 신음했다. 그런 자신이 너무 가련해서 울고 싶었지만, 그래봤자 아무 소용 없는 걸 알고 있었다. 하지만 지금 느끼는 고통과 그가 당한 매질이 부당하다는 느낌은 생생한 현실이었다.

침대 위로 그림자가 하나 떨어졌다. 누군가 창가에 있었다. 러스티가 고개를 들었다.

청소부 소년이 이를 드러내며 활짝 웃고 있었다.

"용건이 뭐야?" 러스티가 퉁명스럽게 물었다.

"아픈가요, 도련님?"

청소부 소년의 동정은 오히려 의심만 불러일으켰다.

"내가 어디 갔는지 네가 해리슨 씨에게 일러바쳤지!" 러스티가 쏘아붙였다. 하지만 청소부 소년은 고개를 외로 꼬고 순진하게 물었다. "어디 가셨는데요? 도련님."

"아, 신경 끄고 꺼져버려."

"하지만 도련님은 아프잖아요?"

"꺼지라고!" 러스티가 소리를 꽥 질렀다.

순간 미소가 사라진 청소부 소년의 얼굴에 슬픔과 두려움만 남았다. 러스티는 사람들의 마음을 상하게 하기는 죽기보다 싫었지만, 그렇다고 하인들과 가깝게 지낸 적도 없었다. 하지만 불과 몇 분 전, 청소부 소년 같은 사람들이 수없이 많은 시장에 갔다는 단지 그 이유로 두들겨 맞았다.

청소부 소년은 창턱에 젖은 손자국을 남긴 채 창가에서 물러섰다. 그리고 땅바닥에 놓인 양동이들을 집어 들고, 그 무게를 견디느라 무릎을 굽히며 걸어갔다. 양동이에서 떨어진 물이 진흙 바닥에 튀면서 그의 다리에 붉은 얼룩을 남겼다.

아저씨에게 화가 나고, 하인에게 화가 나고 무엇보다 자신에게 화가 난 러스티는 베개에 얼굴을 묻고 현실을 외면하려고 애썼다. 억지로 잠이 들었다가, 아저씨가 그만하라고 싹싹 빌 때까지 그의 엉덩이를 사정없이 후려치는 꿈을 꾸었다.

홀리
축제

이른 아침이라 아직 주위가 어두울 즈음, 란비르가 해리슨 씨 집 뒤에 있는 정글에 멈춰서서 북을 쳤다. 그의 덥수룩한 머리는 붉은 가루 범벅이었고, 허리에 천 하나만 달랑 두른 채 벌거벗은 그의 몸은 초록색으로 얼룩져 있었다. 그는 흡사 초록의 신처럼 보였다. 잠시 후 그는 한 번 더 북을 친 후 쪼그려 앉아서 기다렸다.

러스티는 두 번째 북소리에 잠이 깨서 침대에 누워 그 소리를 들었다. 북소리가 고요한 아침 공기를 타고 창문으로 흘러 들었다. …한 번은 깊게, 한 번은 높게, 북소리는 두 개의 리듬을 타면서 끈질기게 그에게 질문을 던지고 있었다…. 러스티는 그제야 자기가 한 약속이 기억났다. 란비르가 정글에서 북을 치면 만나서 홀리 축제에 같이 가기로 한 약속 말이다. 하지만 그건 후견인 아저씨가 돌아오지 않았을 때라는 조건으로 약속한 것이다. 어제 그렇게 사정없이 두들겨 맞기까지 했으니 도저히 그 약속은 지킬 수 없게 됐다.

둥둥, 숲속에서 북이 말하고 있었다. 둥둥, 북소리는 점점 초조해하면서 짜증스러워지고 있었다.

"쟤는 왜 닥치질 못하는 거야. 해리슨 아저씨를 깨우고 싶나…." 러스티가 중얼거렸다.

색의 축제이자 봄의 도래, 새해의 재탄생, 사랑의 깨어남인 홀리 축제. 이런 것들이 그에게 대체 무슨 의미가 있단 말인가. 이런 일들은 그의 삶에 일어나지 않았고, 그는 새 삶을 시작할 수도 없다, 단 하루라고 해도…. 북소리는 계속 들렸다. 그 소리에 맞춰 색색 물감과 가루를 던지는 원시적인 풍경이 눈앞에 떠올랐다.

둥둥!

러스티는 침대에서 벌떡 일어나 앉았다. 하늘이 더 환해졌다. 멀리 떨어진 시장에서 새로운 음악 소리가 들려왔다. 더 많은 북소리와 사람들의 목소리였다. 점점 더 리듬을 타며 흥분에 휩싸인 소리가 희미하지만, 끊임없이 이어졌다. 그 소리가 러스티에게 뭔가를 전하는 듯했다. 그것은 어딘가 야성적이고 감정적이며 그가 꿈꾸는 세계의 것이었다. 그는 충동적으로 침대에서 몸을 일으켰다.

문에 귀를 대고 바깥의 소리를 들었다. 집 안은 고요했다. 그는 방문을 걸어 잠갔다. 홀리의 색채들이 옷을 얼룩지게 하리란 걸 알고 있어서 입고 있는 파자마는 벗지 않았다. 다 낡아서 고무창이 납작해진 테니스화를 신은 러스티는 창문을 넘어 이슬에 젖은 풀밭 위를 달려, 집 뒤에 있는 길을 지나 언덕을 넘어 정글로 들어갔다.

러스티를 보자 란비르가 땅바닥에서 일어났다. 그는 길쭉하게 생긴 작은 북인 돌락을 허리에 차고 있었다. 그가 일어났을 때, 마침 태양이 떠올랐다. 하지만 태양조차 란비르만큼 불타오르는 것 같진 않았다. 러스티가 보기에 란비르는 신이라기보다는 물감을 뒤집어쓴 악마 같았다.

"늦었네. 안 오는 줄 알았어." 란비르가 말했다.

러스티가 다가가자 그는 두 손을 벌리고 활짝 웃었다. 초록색 얼굴에 하얀 미소라니. 그의 오른손에는 붉은 가루, 왼손에는 초록색 가루가 쥐어져 있었다. 란비르는 붉은 가루를 러스티의 왼쪽 뺨에 문지른 뒤, 초록 가루를 오른쪽 뺨에 발랐다. 그러고는 뒤로 물러나 러스티의 얼굴을 찬찬히 살펴보다 웃음을 터트렸다. 그리고 관습에 따라 당황한 러스티를 껴안았다. 레슬링 선수답게 힘껏 껴안는 바람에 숨이 막힌 러스티가 움찔했다.

"가자. 나랑 같이 가서 무지개를 만들자." 란비르가 말했다.

* * *

정말로 그날 봄이 갑작스럽게 찾아왔다. 해가 뜨자 시장이 깨어났다. 집마다 벽들이 갑자기 다채로운 색으로 얼룩덜룩 물들었고, 나무에도 꽃이 느닷없이 만개한 것처럼 보였다. 숲에서는 진달래가 흐드러지고, 강가에는 포인세티아 무리가 한들한들 춤을 추었다. 벚나무와 자두나무에 꽃이 피어났고, 산을 하얗게 덮은 눈이 녹으며, 개울물이 급류로 변해 세차게 흘러내렸다. 나무의 새 이파리들에서는 달콤한 향기가 은은히 풍겼다. 어린 풀잎들은 이슬과 햇빛을 머금었고, 이슬방울 하나하나가 에메랄드처럼 반짝였다.

봄이 인간계와 자연계에 동시에 퍼져가면서 둘을 하나로 만들었다.

란비르와 리스티는 언덕 주위를 돌아 정글의 가장자리를 따라 걸었다. 그런 식으로 유럽인 거주지와 고급 쇼핑센터를 피해 갔다. 그들은 좁고 지저분한 옆 골목으로 들어섰다. 오랜 세월 가난하게 살아오면서 마모되고 손상된 흔적들로 얼룩진 집들의 벽이 이제는 홀리의 생생한 색채로 물들어 있었다. 이윽고 그들은 시계탑에 도착했다.

시계탑에서 봄이 진정으로 시작되었음이 널리 선포됐다. 구름처럼 피어난 색색 가루가 하늘로 솟구쳐서 사방으로 퍼져나갔다. 초록, 오렌지, 보라색의 물줄기가 곳곳에서 터지며 사람들의 마음을 강렬하게 흔들었다.

아이들이 우르르 모여들었다. 아이들은 주로 자전거 펌프나 대나무 줄기로 만든 펌프로 무장했는데 그 펌프에서 액체 색소가 뿜어져 나왔다. 아이들은 대로에서 행진하며, 새된 목소리로 노래를 부르고 손뼉을 쳤다. 어른들은 색소 물총보다 가루를 선호했다. 그들의 노래에는 의미가 담겨 있었고, 그들의 손은 봄의 리듬을 두드렸다. 그들이 지금까지 살아오면서, 해마다 같은 날에 부르는 같은 노래의 바로 그 리듬이었다.

란비르는 몇몇 친구들과 마주치자 큰 소리로 웃으며 인사를 나눴다. 자전거 펌프 하나가 러스티의 얼굴을 겨냥해 재가 섞인 시커먼 물줄기를 뿜어냈다.

순간적으로 앞이 보이지 않게 된 러스티는 어찌할 바를 몰라 허둥댔다. 그때 아이들이 우르르 달려들어 사방에서 펌프 공격을 퍼부었다. 흠뻑 젖은 셔츠와 파자마가 몸에 찰싹 달라붙었고, 누군가는 그의 셔츠 자락을 찢어질 때까지 잡아당겼다. 얼굴과 몸에 온갖 색색의 가루가 거칠게 들러붙고, 좀처럼 밖으로 드러내지 않아 보드라운 그의 살갗이 거칠게 쓸려 욱신거렸다.

그러다 갑자기 그의 시야가 걷혔다. 러스티는 눈을 깜박거리면서 자신을 향해 환호하며 춤을 추는 소년들과 소녀들을 사나운 눈빛으로 돌아봤다. 그의 몸에는 검댕 섞인 시커먼 물이 흘러내렸고, 그 사이사이에 붉은 줄무늬가 섞여 있었다. 입

안에 색소 가루가 꽉 차 있는 것처럼 느껴져서 뱉어내기 시작했다.

란비르의 친구들이 하나씩 다가와 러스티의 뺨에 색색 가루를 부드럽게 문질러 바르고 안아주었다. 그들은 마치 한 무리의 불타는 악마들처럼 보였고, 누가 누군지 구분조차 어려웠다. 폭풍 같은 공격 직후 이렇게 다정한 인사를 받자 러스티는 더욱 당황스러웠다.

란비르가 말했다. "러스티, 이제 너도 우리 편이야, 자, 같이 가자." 러스티는 란비르와 나머지 무리와 같이 갔다.

"수리가 숨어 있어. 집 문을 잠그고 꼭꼭 숨어서 홀리 축제에 나오려 하지 않아!" 누군가 소리를 질렀다.

"흥, 그 녀석도 나오게 될 거야. 우리가 그 집을 부수는 한이 있더라도 말이야." 란비르가 대꾸했다.

홀리 축제를 무서워하는 수리는 그날 하루를 집에서 숨어 있기로 마음먹었다. 그는 하루 동안 먹을 식량이 충분히 있는 엄마의 부엌에 단단히 진을 쳤다. 마당에서 그를 부르는 소리를 들으면서, 그들의 유혹과 조롱과 협박을 무시했다. 부엌문은 튼튼했고 바리케이드도 아주 잘 쳐졌다. 수리는 식탁 밑에 자리를 잡고 앉아 영국 나체주의자들의 잡지를 한 장 한 장 넘겼다. 그는 그 사진들을 보려고 매달 그 잡지를 샀다.

하지만 북소리와 사람들의 함성으로 들뜬 축제 분위기에 한껏 취한 아이들은 수리를 괴롭히는 재미를 쉽게 포기하지 않았다. 누군가 사다리를 가져왔고, 아이들은 부엌 천창을 통해 안으로 들어갔다. 수리가 놀라서 비명을 질렀다. 부엌문이 열리며 아이들이 그를 밖으로 내몰았고, 그의 안경이 벗겨지고 짓밟혔다.

"내 안경! 너희들이 내 안경을 박살 냈어!" 수리가 고래고래 소리 질렀다.

"너라면 그깟 안경 한 다스도 살 수 있잖아!" 그의 적 중 하나가 비웃으며 말했다.

"하지만 지금 난 아무것도 안 보인단 말이야, 이 멍청아! 안 보인다고!"

"들었지? 아무것도 안 보인다잖아!" 누군가 경멸 섞인 목소리로 외쳤다. "평생 처음으로 무슨 일이 일어나고 있는지 볼 수가 없단다! 앞으로는 저 녀석이 우릴 염탐할 때마다, 녀석의 안경을 박살 내자!"

수리를 잘 모르는 러스티로서는, 안경이 깨져 어쩔 줄 모르는 소년을 동정하지 않을 수 없었다.

"쟤는 그냥 놔두지, 그래. 놀기 싫다는데 억지로 끌어내지 미." 그가 란비르에게 말했다.

"하지만 오늘이야말로 그동안 저 녀석이 우리에게 저지른 나쁜 짓들에 보복할 유일한 기회야. 오늘만이 아무도 그를 두려워하지 않은 유일한 날이라고!"

러스티는 창백한 얼굴로, 간신히 버티고 있는 가냘픈 다리의 소년을 누가 두려워할 수 있는지 도무지 이해되지 않았다. 수리는 아이들에게 붙잡혀 팔다리가 찢겨나갈 지경이었다. 아이들이 마침내 그를 상대로 치던 장난을 멈추자 러스티는 안도했다.

러스티는 온종일 란비르와 그의 친구들과 함께 시내와 시골길을 돌아다녔고, 수리의 일은 금세 잊혀졌다. 이날 하루만큼은 란비르와 그의 친구들은 자기들의 집과 일과 다음 끼니는 어떻게 때워야 할지에 관한 문제 같은 건 다 잊어버렸다.

그들은 춤을 추면서 시내에서 빠져나와 숲속으로 들어갔다. 러스티 또한 후견인과 선교사 부인, 그리고 낭창낭창한 말라카 지팡이를 잊고 아이들과 함께 달려갔다.

햇살이 화창하고 상쾌한 아침이 오후로 영글어갔다. 숲속은 서늘하고 고요하고 어둑했다. 아이들은 노래와 함성을 멈추고 지쳐버렸다. 그들은 여기저기 나무 그늘에 누웠는데 부드러운 풀밭은 편안했다. 러스티만 빼고 모두 금방 곯아떨어졌다.

러스티는 피곤하고 배도 고팠다. 셔츠와 신발을 잃어버렸고, 발에는 멍이 들었으며 온몸은 욱신거렸다. 그러나 이제 한숨 돌리고 나서야 이런 자신이 겪은 변화를 알아차렸다. 지금까지는 색의 축제에 취해 생전 처음 맛본 들뜬 기분에 압도돼 있었다. 마구 헝클어진 그의 금발은 색색의 줄무늬로 얼룩져 있었고, 경이로움에 가득 찬 눈은 여느 때보다 크고 반짝였다.

그는 기진맥진했지만, 행복했다. 이 축제가 영원하기를 바랐다. 뜨거운 감정으로 꽉 찬 하루, 그와는 다른 세계에 존재하는 이 삶이 끝나지 않길 바랐다. 그는 숲을 떠나고 싶지 않았다. 이곳은 안전했고, 흙바닥은 그를 달래주고, 받아들여 주었다. 그래서 몸에서 느껴지는 통증마저 좋았다.

그는 집에 돌아가고 싶지 않았다.

해리슨 아저씨는 베란다 계단 꼭대기에 서 있었다. 집 안은 어둠에 잠겨 있었지만, 그의 담배 불빛은 어둠 속에서 더 밝게 타올랐다. 가로등 불빛이 집에 돌아와 대문을 여는 소년을 비췄다. 러스티는 아저씨가 자신을 본 걸 알았지만 개의치 않았다. 아저씨가 알아보지 못할 거라는 걸 알았다면 그대로 돌아서서 나갔지, 이렇게 체념하고 정원으로 난 길을 따라 베란다로 오진 않았을 것이다.

아저씨는 누군가 다가오는 걸 알아챈 것 같지도 않았다. 러스티가 베란다 계단을 올라왔을 때 비로소 고개를 돌려 물었다. "거기 누구요?"

아저씨는 여전히 러스티를 알아보지 못했다. 그 순간 러스티는 자신의 상태, 그러니까 온몸이 물감 범벅임을 알아차렸다. 어슴푸레한 베란다 위에서 찢어진 파자마만 입고 있는 그는 청소부 소년이나 다른 집 하인으로 쉽게 오해받을 만했다. 순간 도망칠까 생각한 건 분명 시장에서 생긴 새로운 본능 덕분일 것이다. 그는 돌아섰다.

그 순간 아저씨가 소리쳤다. "너 이 자식, 이리 와!" 그의 말투, 오직 청소부 소년을 상대할 때만 쓰는 그 말투를 듣고 러스티는 걸음을 멈췄다.

"이리로 올라와!" 아저씨가 다시 말했다.

러스티는 베란다로 돌아왔고, 아저씨가 스위치를 켰지만 심지어는 그때도 알아보는 기색이 없었다.

"안녕하세요, 아저씨." 러스티가 말했다.

해리슨 씨는 충격을 받았다. 분노가 치밀고 서글픈 고통을 느꼈다. 이 아이가 그동안 내가 훈육하고 가르친 아이인가? 누더기를 걸친 이 미개하고 비루하며 배은망덕한 놈. 뭐가 바람직한 행동이고 뭐가 아닌지, 뭐가 교양 있는 처신이고 뭐가 야만스러운 행동인지, 뭐가 점잖고 뭐가 수치스러운 행동인지 모르는 놈이라니. 지금까지의 그 모든 교육이 다 허사였나? 해리슨 씨가 어둠에서 나와 욕설을 퍼부었다. 그는 냅다 러스티의 멱살을 쥐고 거실로 몰고 가서 방 저편으로 홱 밀어버렸다. 러스티는 비틀거리다가 테이블에 부딪힌 뒤 방바닥에 데굴데굴 굴렀다. 고개를 들자 아저씨가 그를 내려다보고 서 있었다. 그의 오른손에 들린 낭창낭창한 말라카 지팡이가 씰룩이고 있었다.

분노로 활활 타오르는 해리슨 씨의 얼굴도 씰룩이고 있었다. 생강 빛 콧수염에 가려진 입술을 꼭 다문 채 그는 러스티를 노려봤다.

"더러워! 맙소사, 이렇게 더러울 수가 있나!" 그는 소년의 얼굴에 대고 한 마디 한 마디 겨우 뱉어내는 것처럼 말했다.

러스티는 아저씨가 치켜든 손가락에 짙게 밴 누런 니코틴 얼룩들을 넋을 잃고 바라봤다. 그 손목이 갑자기 움직이자 지팡이가 러스티의 얼굴을 내리쳤다. 칼에 찔린 것처럼 불타는 통증이 뺨에 느껴졌다. 러스티는 비명을 지르면서 뒤로 물러나 벽에 기대어 몸을 움츠렸다. 피가 입술 위로 똑똑 떨어지는 걸 느낄 수 있었다. 도망칠 곳을 찾아 필사적으로 주위를 둘러봤지만, 아저씨가 바로 앞에 서서 떡 하니 내려다보고 있었고, 뒤쪽은 벽으로 막혀 있었다.

아저씨가 미친 듯이 말을 쏟아냈다. "네가 어떻게 감히 자신을 영국인이라고 부를 수 있겠니? 어떻게 그런 몰골로 이 집에 기어들어 올 수 있어? 대체 어떤 더러운 곳에서 굴러먹다 온 거야? 네 꼬락서니가 어떤지 보기는 했니? 네가 지금 어떻게 보이는지 알아?"

"아뇨." 러스티는 짧게 대답했다. 생전 처음으로 그에게 '아저씨'라는 말도 붙이지 않았다. "내가 어떻게 보이든 상관없어요."

"그렇단 말이지… 흠, 네가 어떻게 보이는지 말해주지! 넌 정말 네 출신 그대로 잡종처럼 보여!"

"그건 거짓말이야!" 러스티가 소리를 질렀다.

"그게 진실이야. 난 네 아빠의 바람대로 널 영국인으로 키우려고 노력했어. 하지만 네가 우리의 방식을 받아들이려 하지 않으니, 분명하게 말해두지. 너에게 유일하게 영국적인 건 네 아버지 하나밖에 없어. 넌 청소부 녀석보다 나을 게 없는 놈이라고. 알아?"

러스티는 화가 폭발해서 난생처음으로 속내를 표현했다. "난 청소부 아이보다 나을 게 없지만, 그와 똑같은 인간이야! 당신처럼, 그리고 다른 누구와 다를 바 없는 동등한 인간이라고!" 그리고 지팡이의 일격을 피하려고 몸을 움츠리는 대신, 후견인의 다리를 향해 몸을 날렸다. 지팡이가 휙 소리를 내면서 공기를 가르며 소년의 등을 스쳤다. 러스티는 후견인의 다리를 끌어안고 온 힘을 다해 잡아당겼다.

해리슨 씨는 그대로 뒤로 넘어져 바닥에 쓰러졌다. 넘어졌을 때 충격을 받아 숨이 막혔는지, 한동안 움직이지 않았다.

러스티는 벌떡 일어났다. 한 대 맞은 얼굴이 너무 따가워 화가 나고 격렬한 증오심이 솟구쳤다. 그래서 전에는 머릿속으로 상상만 했던 일을 하고 말았다. 그는 장식장 위에 있는 선교사 부인이 애지중지하는 꽃병을 들어 후견인을 향해 던졌다. 꽃병이 그의 가슴께 떨어지면서 꽃병의 물과 꽃들이 그의 얼굴에 쏟아졌다.

아저씨의 얼굴에 떠오른 경악한 표정을 보자, 러스티는 아까보다 더 용기가 났다. 러스티는 한 손으로 아저씨의 옷깃을

틀어쥐고는 아저씨의 뺨을 때렸다. 얼굴에서 느껴지는 얼얼한 통증에 화가 머리끝까지 난 러스티는 서툴지만 거친 손길로 아저씨의 뺨을 계속 때렸다. 그런 내내 자신이 이런 짓을 할 수 있다는 걸 알게 된 짜릿한 해방감에 휩싸였다. 러스티는 더는 아이가 아니었다. 이제 거의 열일곱 살이 다 된 남자다. 그도 타인에게 고통을 줄 수 있다는 깨달음은 아주 특별한 발견이었다. 그의 몸에는 힘이(그게 악마든 신이든) 있었고, 그는 그 힘 안에서 자신감을 얻었다. 이제 러스티는 어른이었다!

"그만해. 그만두지 못해!"

히스테릭한 여자 목소리에 러스티는 제정신이 들었다. 그는 아직도 아저씨의 멱살을 쥐고 있었지만, 때리는 건 멈췄다. 해리슨 씨의 얼굴이 시뻘겠다. 해리슨 씨가 하인이나 시장에서 온 불량배에게 공격당하고 있는 줄로만 알았던 선교사 부인의 얼굴은 공포로 하얗게 질려 있었다. 러스티는 부인이 뭐라 말을 잇기도 전에, 자신에게서 새롭게 발견한 민첩성을 활용해 거실을 쏜살같이 뛰쳐나갔다.

그는 침실 창문으로 도망쳤다. 대문가에 잠시 멈춰 거실 쪽을 바라보았다. 안절부절못하는 부인의 그림자가 보였다. 그는 큰 소리로 웃었다. 부인이 돌아서서 창가 쪽으로 다가섰다. 러스티는 한 번 더 큰소리로 웃고는 길을 따라 시장을 향해 달려가기 시작했다.

* * *

늦은 시간이었다. 고급 상점과 레스토랑은 모두 닫혀 있었다. 시장에는 가게마다 입구에 석유램프가 걸려 있었고, 사람들은 가게 앞 계단과 단상 위에 드러누워 잠들어 있었다. 담요를 몸에 둘둘 만 채 웅크린 이들도 있었고, 맨몸을 최대한 작게 웅크려 쪼그려 앉은 이들도 있었다. 낮에는 지나다니는 사람들과 동물들로 북적거리고 시끄러웠던 거리는 이제 고요하고 한산했다. 비쩍 마른 개 한 마리가 아직도 배수로 안에서 킁킁거리며 냄새를 맡고 있었고, 거리 위쪽 높은 방에서 한 여자가 떨리는 목소리로 구슬픈 노래를 부르고 있었다. 아주 먼 곳에서 자칼|인도와 북아프리카산 야생의 개-옮긴이| 한 마리가 달을 보며 울부짖었다. 겉보기엔 텅 비고 생기 없는 거리였지

70

만 거짓에 가까웠다. 건물 몇 채의 지붕을 들춰보면, 삶이 멈춘 게 아니라 차갑고 아름다운 모습으로 밤새 이어지고 있을 것이었다.

시간은 자정을 지났지만, 시계탑을 봐선 알 수 없었다. 러스티는 텅 빈 거리를 서성였다. 챠트 가게는 굳게 닫혀 있었고 가게 앞은 방수포에 덮여 있었다. 그는 아는 사람을 만날 수 있기를 바라며 거리를 이리저리 둘러보았다. 가게 주인을 만난다면, 분명 그에게 하룻밤 잘 곳과 담요 한 장을 내줄 거라고 믿었다. 날이 밝으면 소미가 자신을 찾아올 것이고, 친구에게 그가 처한 곤경을 털어놓을 것이다. 후견인의 집에서 도망쳤고 절대로 돌아가지 않겠다고. 하지만 그러려면 아침까지 버텨야 했다.

그는 계단 위에 앉았다. 돌바닥은 너무 차가웠고 얇은 면 파자마로 추위를 막기에는 역부족이었다. 그는 팔짱을 끼고 구석에서 몸을 웅크렸지만 계속 온몸이 덜덜 떨렸다. 발은 점차 감각을 잃어 무생물처럼 느껴졌다. 그러나 러스티는 지금 이 상황이 얼마나 위태로운지 제대로 깨닫지 못하고 있었다. 여전히 분노와 반항심에 휩싸여 있었고, 뺨에 흐르던 피는 말랐지만, 아직까지 따끔거렸다. 현재는 혼란스럽고 지극히 비현실적으로 느껴지는 데다, 앞으로 무슨 일이 닥칠지 전혀 예상할 수 없었다. 그에게 당장은 추위와 통증, 불편함만이 현실이었다.

높은 방에서 들려오던 노랫소리가 멈췄다. 러스티는 고개를 들었다가 자신을 부르는 손짓을 보았다. 거리에 있는 다른 사람들은 모두 살아있는 기척조차 느껴지지 않았으므로, 그는 길을 건너 그 창가 밑으로 다가갔다. 여자가 계단을 가리켰다. 러스티는 그녀가 베푸는 환대에 기뻐하며 계단을 올라갔다. 계단은 마치 하늘의 별까지 이어질 것처럼 느껴지다가 곧 그 여자의 방 앞에 이르렀다. 문은 살짝 열려 있었고 러스티가 노크하자 목소리가 들렸다.

"들어와요…."

방 안은 향수와 향을 피우는 냄새로 가득 차 있었다. 구석엔 악기 하나가 놓여 있었다. 침대 위에는 여자가 비스듬히 누워 있었고, 머리카락은 베개 위에 흐트러져 있었다. 동그란 그녀의 얼굴은 아름다웠지만, 젊음은 이미 스러져가고 있었고, 드러난 허리는 살집이 두툼했다. 그녀는 미소 지으며 손짓으로 러스티를 불렀다.

"고맙습니다. 제가 여기서 자도 될까요?" 러스티는 문을 닫으며 물었다.

"여기 말고 어디 잘 데 있니?" 여자가 대답했다.

"오늘 밤만 신세 질게요."

여자는 생긋 웃으며 기다렸다. 러스티는 두 손을 등 뒤로 모은 채 서 있었다.

"앉아." 그녀는 옆에 있는 이불을 토닥였다. 러스티는 최대한 공손하고 예의 바르게 앉았다. 여자는 작고 흰 손가락으로 그의 어깨를 스치더니 그의 머리를 자기 쪽으로 향하게 했다. 그녀의 숨소리가 러스티에게는 끔찍할 정도로 크게 들렸다. 러스티는 고개를 돌리며 말했다. "저… 배고파요."

시인이 왔군, 여자는 그렇게 생각하면서 러스티의 뺨에 살짝 입술을 댔다. 놀란 러스티는 얼른 몸을 뒤로 빼며 혼란스러워했다.

"왜 그래?" 여자가 물었다.

"피곤해서요." 러스티가 대답했다.

친절하게 미소 짓고 있던 여자의 얼굴이 일그러졌다. 하지만 러스티가 불행한 눈빛을 한 소년에 불과하다는 점을 눈치 채서 동정하지 않을 수 없었다.

"그래. 편하게 자렴. 피곤이 풀릴 때까지 말이야." 여자가 말했다.

하지만 그는 고개를 저었다. "다음에 올게요." 여자의 기분을 상하게 하고 싶지 않은 마음에 그렇게 말했다.

러스티는 방을 나왔다. 기계적으로 계단을 내려가 시장 길을 따라 걸었고, 죽은 듯 잠든 사람들을 지나 시계탑에 이르렀다. 시계탑 오른쪽에는 넓은 초원으로 이뤄진 광장이 펼쳐져 있었다. 낮에는 소들이 풀을 뜯고, 아이들이 뛰어놀고, 란비르 같은 덩치 큰 소년들이 레슬링과 축구를 즐기는 곳이었다. 하지만 밤에는 지금처럼 그저 텅 빈 거대한 공간일 뿐이었다.

광장의 풀은 마치 숲속의 어린 풀처럼 부드러웠다. 러스티는 광장을 가로질러 걷다가 벤치 하나를 찾아 앉았다. 걷다 보니 아까보다 몸이 좀 따뜻해졌다. 산들바람이 광장에 불어왔다. 기분 좋고 상쾌한 바람이 그의 머리카락을 가지고 장난치고 있었다. 모든 것이 어둡고 고요하고 쓸쓸했다. 시장의 거지와 집 없는 아이들, 굶주린 개들의 비참함이 감도는 시장을 빠져나오자 새삼 자신의 처지가 선명하게 다가왔다. 외로움만큼 자신의 불행을 자각하게 만드는 것도 없으니까. 어제 하루 마음속에 들이닥친 분노와 자유, 터뜨린 본능은 처음 맛보는 해방감이었다. 하지만 외로움은 이미 익숙하고 그가 너무나 잘 이해하는 것이었다.

러스티는 외로웠다. 내일까지도 외로움을 느긴다면, 하루를 더해 평생 외로움에 시달린 셈이었다. 만약 내일 챠트 가게에 소미가 오지 않으면? 란비르도 오지 않는다면 어쩌지? 그는 친구들이 어디 사는지도 모르고, 돈도 없고, 챠트 가게에 고작 두 번 온 주제에 외상을 달라고 부탁할 수도 없었다. 아마도 조금 전 만난 그 여인에게 신세를 부탁해야 할지도 모른다. 아마도⋯. 하지만 아니, 한 가지는 확실했다. 절대로 존 해리슨 씨에게는 돌아가지 않을 것이다⋯.

달은 구름에 가려졌고, 보슬비가 내리기 시작했다. 비가 내리는 건 괜찮았다. 비를 맞으니 상쾌해지고 몸에 혈색이 돌아왔다. 하지만 빗발이 거세지자 다시 몸이 덜덜 떨렸다. 이러다 병에 걸릴 것 같았다. 러스티는 벌떡 일어나서 너덜너덜해진 파자마를 허벅지까지 돌돌 말아 올리고 벤치 밑으로 기어들어 갔다.

벤치 밑이 움푹 파여 있어서 처음에는 편안하게 느껴졌다. 하지만 풀 한 포기 자라지 않는 흙바닥은 점차 축축해졌다. 얼마 못 가 러스티는 질퍽거리는 웅덩이 속에서 엎드리게 됐고, 손가락과 발가락 사이로 진흙이 스며 나왔다. 비에 젖고 진흙투성이가 된 채 추위에 덜덜 떨면서 온몸을 한껏 웅크리고 있던 러스티는 무력감이 드는 한편, 자신이 너무도 불쌍하게 느껴졌다. 세상 모든 사람과 모든 것, 그러니까 지금까지 같이 살고 있던 사람들뿐만 아니라 시장에서 알게 된 사람들 그리고 심지어 날씨까지도 그에게 등을 돌린 것처럼 느껴졌다. 세상 모든 것들이 자신을 버린 듯했다. 러스티는 충동적으로 후견인 아저씨에게 반항하고 집을 뛰쳐나왔다는 사실을 인정할 수밖에 없었다. 어쩌면 아직은 돌아가서 아저씨에게 용서를 구할 수 있는 시간이 남아 있을지도 몰랐다. 하지만 용서받을 수 있을까? 돌아가면 또 매를 맞을 게 분명했다. 이번에는 여섯 대가 아니라 아홉 대일 것이다.

그의 유일한 희망은 소미다. 소미가 없다면 란비르고, 란비르도 없다면…뭐, 더는 생각할 필요가 없는 게, 더 떠올릴 사람도 없었다.

비가 그쳤다. 러스티는 벤치 밑에서 기어 나와 쥐가 난 팔다리를 이리저리 움직였다. 구름에서 나온 달이 빗물에 젖어 번들거리는 그의 몸을 비추었다.

텅 빈, 거대하고 쓸쓸한 광장 속에서 러스티는 자신이 아무것도 아닌 존재처럼 느껴졌다. 이제는 거지든 여인이든 상관없이 그저 누군가의 곁에 있고 싶었다. 러스티는 서둘러 걷기 시작했고, 그러다 달리기 시작했고, 점점 겁이 나서 시계탑에 도착할 때까지 멈추지 않았다.

가출

가장 늦게 잠드는 이들이 가장 먼저 깬다. 굶주림과 고통에 시달리는 밤은 하염없이 길어지기 마련이다. 그래서 걸인들과 개들이 가장 늦게까지 밤하늘에 뜬 별을 보다 잠이 들고, 바로 그 굶주림과 고통 때문에 가장 먼저 아침에 뜨는 해를 보게 된다. 러스티도 굶주림과 고통을 알게 됐지만, 그보다 피로가 더 컸다. 그래서 태양이 길 위를 성큼성큼 걸어가면서 지나가는 길에 있는 모든 문과 창문을 두드린 지 오랜 시간이 흐른 후에도, 그는 챠트 가게 앞 계단 위에서 정신없이 잠에 빠져 있었다.

소미는 동네 사람들이 다 같이 쓰는 공동 물탱크에서 목욕했다. 그는 수도꼭지 밑에 서서 자기 몸을 탁탁 치면서 활력을 불어넣었고, 산에서 내려와 콸콸 쏟아지는 물의 냉기에 소스라쳐 냅다 소리를 질렀다.

물탱크 주위에 동네 사람들이 많이 나와 있었다. 유모들이 거칠지만, 애정이 어린 손길로 씻기면서 몸을 철썩철썩 후려치는 바람에 기분이 좋아진—혹은 나빠진— 아이들이 소리를 지르고 있었다. 산악 지방 출신으로 강인하고 튼튼한 체구에다 발목에 묵직한 발찌를 찬 유모들도 있었고, 물이 든 가죽 부대를 손에 든 비스티 |물을 날라다 주는 일꾼-옮긴이| 들, 냄비와 프라이팬을 들고 온 요리사들이 있었다.

유모들은 사리 |인도의 전통 의상, 긴 천을 돌돌 말아 입는다-옮긴이| 자락을 허벅지까지 말아 올린 채 쭈그리고 앉아 아이들을 씻기고 있었다. 그들이 발을 움직일 때마다 발목에 찬 발찌들에서 짤랑짤랑 소리가 났다. 그곳에서는 엉덩이를 철썩 때리는 소리, 발찌들이 짤랑거리는 소리, 아이들이 울거나 칭얼거리는 소리가 항상 들렸다. 요리사들은 가져온 조리 도구들을 재로 닦아 물로 씻어내고, 항아리에 물을 채웠다. 비스티들은 물을 채

운 불룩한 가죽 부대를 어깨에 지고 물을 뚝뚝 흘리며 걸어갔다. 들개들은 흙바닥에 구불구불 흘러내린 물을 핥아먹었고, 뚱한 표정의 암소 한 마리가 물에 젖은 풀을 조금씩 뜯어 먹었다.

소미는 이 사람들과 함께 웃고, 떠들고, 목욕하면서 아침을 보냈다. 머리를 감아 햇빛에 말리고, 옷을 입고, 터번을 머리에 묶어서 단장한 후 자전거를 타고 거기서 빠져나왔다.

해가 중천에 뜬 이 시각에도 해리슨 씨는 아직 자고 있었다. 신도들이 절반밖에 나오지 않은 교회에서 그의 빈자리는 좀 더 도드라졌다. 해리슨 씨가 일요일 예배에 나오지 않는 경우는 거의 없기 때문이다. 그래서 무슨 일인지 궁금해진 목사의 아내는 어서 설교가 끝나길 초조하게 기다렸다.

챠트 가게 앞에서 소미가 말을 걸었다. "어이, 러스티. 일어나. 대체 무슨 일이 있었던 거야? 란비르는 어디 있어? 홀리는 어제 끝났잖아!"

소미는 러스티의 어깨를 잡고 사정없이 흔들면서 그의 귀에 대고 고래고래 소리를 질렀다. 돌계단 위에 누워 있던 창백한 얼굴의 소년이 눈을 떴다가 아침 햇살에 눈을 깜박였다. 그는 어리둥절한 표정으로 사방을 둘러봤다. 자기가 어쩌다 시장 바닥에서 햇살을 받으며 누워 있게 됐는지 기억이 나지 않았다.

"야, 너의 후견인 아저씨가 엄청 화를 내시겠다!" 소미가 말했다.

러스티는 깜짝 놀라서 벌떡 일어나 앉았다. 잠이 다 깬 그는 사방으로 흩어진 생각을 그러모았다. 지난밤의 이야기를 솔직하게 말하기가 매우 힘들었다. 하지만 억지로 소미의 눈을 똑바로 보면서 거창한 서론 없이 단순하게 말했다. "나, 가출했어."

소미는 놀라지 않았다. 러스티의 얼굴에서 눈을 떼지 않은 채 입가에 반쯤 미소를 떠올리며 말했다. "잘했어, 나랑 같이 우리 집에 가자."

소미는 러스티를 자전거에 태우고 집으로 갔다. 러스티는 다리에 힘이 없었지만 안도했고, 더는 외롭다는 생각도 들지 않았다. 이번에도 소미와 같이 있자 알 수 없는 자신감이 생졌다.

"나 일자리를 찾을 수 있을까?" 러스티가 물었다.

"아직은 그런 걱정 하지 마. 넌 이제 막 가출했잖아."

"일자리를 찾을 때까지만 너희 집에서 신세 질게. 뭐가 됐든 일자리는 있을 거야."

"당연히 그렇지. 걱정하지 마." 소미는 그렇게 말하고 페달을 세게 밟았다.

그들은 운하에 도착했다. 눈이 이제 막 녹기 시작해 산에서 쏜살같이 흘러내리는 물소리가 시끄러웠다. 운하와 나란히 이어진 길 위에 물 엉덩이가 군데군데 있었지만, 소미는 잘 피해 다녔다. 운하를 지나자 물소리가 점차 작아지고 그늘진 길은 조용해졌다. 길가에 줄줄이 서 있는 나무마다 분홍과 하얀 꽃들이 만개했고, 그 나무들 뒤에는 더 많은 초록색 나무가 빽빽하게 우거져 있었다. 나무들 사이사이에 집이 보였다.

어떤 소년이 삐걱거리는 나무문에 매달려 흔들리고 있었다. 그가 휘파람을 불자 소미가 손을 흔들어 화답했다. 둘 사이의 대화는 그게 다였다.

"쟨 누구야?" 러스티가 물었다.

"쟤 부모님의 아들이지."

"그게 무슨 말이야?"

"쟤 아버지가 꽤 부자거든. 그러니까 키션은 우리에게 중요한 사람이야. 키션이 가진 돈은 수리의 말발만큼이나 힘이 있거든."

"그럼 쟤는 수리 친구야? 아니면 네 친구야?"

"우리가 쟤 입맛에 맞으면 쟤 친구인 거고. 수리가 쟤 입맛에 맞으면 수리 친구지."

"그럼 쟤는 돈만 많은 게 아니라 머리도 좋군." 러스티가 추론해냈다.

"머리는 자기 엄마를 닮았어." 소미가 말했다.

"그럼 돈은 아빠 돈이야?"

"응, 하지만 그 돈도 다 떨어져 가고 있어. 카푸르 씨는 이제 끝났어. 쟤는 얼굴도 아빠를 닮았어. 엄마는 미인이신데…. 와, 이제 거의 다 왔어!"

소미가 탄 자전거는 나무들 사이를 지나 구불구불한 길을 달렸다. 그러다 마침내 소미의 집에 도착했다. 진홍색 부겐빌레아 덩굴로 온통 뒤덮인 작은 단층집이었다. 정원에는 금잔

화가 사방에서 자라고 있었고, 심지어 돌계단 옆 좁은 틈 사이에도 삐죽 올라와 있었다. 소미의 아버지는 델리에 있고, 어머니는 한 주 동안 먹을 채소를 사러 나갔다.

"남자 형제는 없어?" 러스티는 거실로 들어가면서 물었다.

"어, 누나가 둘 있는데 둘 다 시집갔어. 내 방으로 가서 너에게 맞는 옷이 있는지 찾아보자."

러스티가 웃음을 터트렸다. 그는 소미보다 나이가 많고 키도 덩치도 컸으니까. 소미가 그가 입을 만한 옷을 찾는 동안 그는 거실 소파에 앉아 있었다.

거실은 서늘하고 널찍했지만 가구는 거의 없었다. 벽에는 사진이 많이 걸려 있었고, 그 한가운데 시크교의 창시자인 구루 나나크의 초상이 보였다. 옷을 하나도 걸치지 않은 성인은 가부좌 자세로 두 손을 맞잡고 기도하고 있었고, 얼굴은 한없이 평온했다. 그 고요한 표정이 방의 분위기와 어울리는 것 같았다. 소미에게도 그런 분위기가 감돌았는데, 아마 항상 입가에 맴도는 미소 때문일 것이다.

러스티는 소미 가족이 중산층이라고 결론을 내렸다. 부자도 거지도 아니지만, 그럭저럭 어떻게든 살아가고 있다는 뜻이다.

소미가 옷을 가지고 돌아왔다. "이건 다 내 옷이라서 아마 조금 작을 거야. 곧 날씨가 따뜻해지니 뭘 입어도 상관없지. 안 입으면 더 좋고!"

러스티는 소매가 긴 흰색 셔츠를 골라 입었는데 놀랍게도 크기가 낙낙했다. 셔츠는 높은 칼라가 달려 있었고, 소매통이 아주 넓었다.

"이건 나에게도 헐렁한데, 이걸 어떻게 입고 다녔어?" 러스티가 물었다.

"원래 그렇게 헐렁하게 입는 거야." 소미가 대꾸했다.

하의는 하얀 파자마 바지를 입었는데, 그건 확실히 작아서 발목 위로 깡뚱하게 올라왔다. 소미가 내준 샌들은 부드럽게 휘어지는 재질이 아니라서 소미처럼 걸을 때마다 뒤축이 그의 발꿈치를 찰싹찰싹 때렸다.

"이제 됐다!" 소미가 만족해서 소리를 질렀다. "이제 다 정리 됐어, 챠트도 든든하게 먹었고, 깨끗한 옷도 입었으니 며칠만 있으면 일자리도 생길 거야! 또 뭐 필요한 거 있어?"

러스티는 이제 소미의 성격을 알 만큼 알아서, 고맙다고 인사할 필요가 없음을 알고 있었다. 친구끼리 이렇게 해주는 건 고맙지만 당연한 일이었고, 진정한 우정을 나눈 사이에는 의무나 격식을 차릴 필요가 없었다. 러스티는 소미에게 친구를 데려와도 되는지 엄마에게 허락받았느냐는 질문조차 하지 않았다. 아무래도 소미의 엄마는 이런 일에 익숙한 모양이었다.

"뭐 더 필요한 거 있어?" 소미가 다시 물었다.

러스티가 하품했다. "이제 나 잠 좀 자도 될까?"

러스티는 후견인의 집에선 단 하루도 편하게 자 본 적이 없었다. 그 정도로 지친 적이 없었으니까. 그리고 자려고 누우면 온갖 상상이 활개를 쳐서 깊이 잘 수 없었다. 가출한 이후론 춥고 배가 고파서 단잠을 잘 수 없었고. 하지만 소미의 집은 안전하게 느껴져서 조금은 행복하기까지 한 마음으로 잠이 들었다. 그는 그날 밤까지 한 번도 깨지 않고 푹 잤다.

다음 날 아침에 소미는 러스티를 침대에서 바닥으로 밀어낸 후 공동 물탱크까지 끌고 왔다. 러스티는 소미가 옷을 벗은 후 물이 쏟아지는 수도꼭지 밑에 서는 모습을 보며 자신도 곧 그렇게 해야 한다는 생각에 몸서리를 쳤다.

셔츠를 벗기 전에 러스티는 당혹스러워하며 주위를 둘러봤다. 그에게 관심을 보이는 사람은 하나도 없었다. 다만 발에 여러 개의 발찌를 찬 한 젊은 유모가 그에게 장난기 어린 미소를 지어 보였다. 러스티는 그녀에게서 고개를 돌리고 셔츠를 벗어 덤불 위에 던진 후, 수돗가를 향해 조심스럽게 걸어갔다.

소미가 그를 잡아당겨 수도꼭지 밑에 세웠다. 물이 얼음처럼 차가워서 충격을 받은 러스티가 헉 소리를 질렀다. 물에 젖자마자 러스티가 냅다 그 자리에서 달아났고, 그 모습을 본 소미와 유모들이 웃음을 터트렸다.

러스티는 몸을 닦을 수건이 없어서 풀밭 위에 선 채로 추위에 덜덜 떨며 다시 집 안으로 뛰어 들어가야 할지, 아니면 햇볕에 몸이 마를 때까지 서 있어야 할지 고민했다. 그때 발목에 발찌를 여러 개 차고 있는 어린 유모가 다가와 수건 한 장을 내밀었다. 그녀의 눈은 장난기가 가득했지만 미소는 따듯했다.

카레와 요거트와 차파티 | 인도와 남아시아 지역의 전통적인 납작빵-옮

긴이|로 이뤄진 점심 식사 자리에서 러스티는 소미의 엄마를 만났다. 소미 엄마의 나이는 서른다섯 정도에 관자놀이에 흰머리가 몇 가닥 나 있었고, 피부는 소미와 달리 거칠고, 건조했다. 아줌마는 무늬 없는 흰색 사리로 소박한 옷차림을 하고 있었다. 아줌마는 지금까지 고단한 인생을 살아왔다. 나라가 분단된|1947년 인도-파키스탄 분단 이후 서쪽은 파키스탄령, 동쪽은 인도령으로 나뉘었다-옮긴이| 후, 증오가 종교가 되던 시절에 소미의 가족은 펀자브에 있는 고향을 떠나 남쪽으로 떠돌아야 했다. 소미 가족은 수백 킬로미터를 걸었는데 엄마는 그때 여섯 살인 소미를 업고 걸었다. 재산을 대부분 잃은 그들은 인도에서 삶을 처음부터 다시 시작해야 했다. 소미의 아버지는 델리에서 일자리를 찾았고, 누이들은 시집가서, 소미와 엄마만 데라에 정착했다.

엄마가 말했다. "러스티 군, 소미에게 철자법과 산수 좀 가르쳐줘요. 이 녀석은 항상 반에서 꼴찌라니까요."

"아, 그거 좋다! 그러면 재미있을 거야, 러스티!" 소미가 소리치면서 테이블을 쾅 내리쳤다. "좋은 생각이 났어! 너에게 딱 맞는 일자리가 있을 것 같아! 키션 기억나지? 어제 오는 길에 지나쳤던 그 아이 말이야. 걔 아버지가 키션에게 영어 과외를 해줄 사람을 찾더라고.”

“키션을 가르치라고?”

“응, 그건 쉬울 거야. 내가 가서 카푸르 씨를 만나서 영어 교수님?, 뭐 그런 사람을 찾았다고 할게. 그다음에 네가 가서 카푸르 씨를 만나는 거지. 이봐, 이거야말로 끝내주는 아이디어잖아. 네가 선생님이 되는 거라고!”

러스티는 그 제안이 썩 달갑지 않았다. 돈 많은 집에서 제멋대로 자란 아이에게 자신이 영어든 뭐가 됐든 가르칠 수 있을 것 같지 않았다. 하지만 지금 찬밥 더운밥 따질 처지는 아니었다. 소미는 자전거를 타고 러스티에게 영어 교사 자리를 마련해 주기 위해 카푸르 씨를 만나러 갔다. 돌아온 소미는 흡족해 보였고, 러스티는 자신에게 일자리가 생겼다는 사실을 알고 마음이 무거워졌다.

“오늘 밤에 카푸르 씨를 찾아가서 이야기를 들어봐. 그 집에선 키션의 과외교사를 찾고 있어. 특히 과외비를 줄 필요가 없는 선생을 원하지.”

“뭐? 무슨 일자리가 돈도 안 준다는 거야?” 러스티가 투덜거렸다.

"보수만 없지, 다른 건 다 포함된 거야. 음식 제공에— 편자
브 요리보다 더 맛난 요리는 세상에 없어— 물도 마음대로 쓸
수 있고."

"부디 그러길 바라." 러스티가 말했다.

"그리고 방도 있다니까요, 선생님!"

"아, 심지어 방까지 있구나. 그것참 근사하겠네." 러스티는
고맙다는 인사도 없이 퉁명스럽게 대꾸했다.

"어쨌든 한 번 가서 카푸르 씨를 만나봐. 그 제안을 꼭 받아
들일 필요는 없으니까." 소미가 말했다.

✱ ✱ ✱

카푸르 가족이 사는 집은 운하 바로 옆에 있었다. 손질이 제
대로 안 된 울타리로 둘러싸인 나지막한 방갈로|인도 벵골 지방
의 주택 양식으로 풀이나 기와로 지붕을 올리고 처마가 깊숙한 집-옮긴이| 한 채가
바나나 나무와 파파야 나무 그늘 밑에 있었다. 소미와 러스티
가 도착했을 때는 이미 늦은 시간이라 달이 떠 있었고, 무성

하게 우거진 바나나 나뭇가지들의 짙은 그림자가 자갈길 위에서 흔들리고 있었다.

집 앞에 있는 널찍한 빈터에서 장작불이 타오르고 있었다. 카푸르 씨 가족이 파티하는 것처럼 보였다. 소미와 러스티는 장작불 주위로 동그랗게 모인 사람들 속으로 자연스럽게 들어갔다. 하지만 러스티는 자기가 이 파티에 정말 초대된 것이 맞는지 미심쩍었다. 쌀쌀한 밤에 장작불이 기분 좋은 온기를 더해주었고, 타오르는 불꽃이 사람들의 얼굴을 장밋빛으로 물들였다.

소미가 각기 다른 사람들을 손으로 가리키며 설명해줬다. 다양한 상점 주인들, 거물 한둘, 공짜 밥도 먹고 재미도 보려고 초대도 안 받았는데 마음대로 들어온 낯선 사람들, 그리고 홀리 축제 때 골탕 먹인 수리(이런 사교 모임에 절대 빠지지 않는 아이)도 있었다. 카푸르 씨의 아들인 키션은 그곳에 없었다. 그는 파티라면 질색했고, 그보다는 시장에서 친구들과 어울리는 편을 더 좋아했다.

카푸르 씨는 한때 거물이었다. 하지만 그는 정점에서 추락했고, 술을 끊기 전까지는 다시는 그 자리로 돌아갈 가능성이 없었다. 모두 그의 아내를 동정했고 그녀도 스스로를 그렇게 느꼈다.

그때 카푸르 씨가 유리잔 하나와 위스키 한 병을 품에 안고 현관문 밖으로 나왔다. 초록색 실내복을 입은 그는 일주일 동안 면도를 안 한 얼굴이었다. 몇 가닥 안 남은 머리카락은 삐죽삐죽 뻗쳐 있었고, 입가에 침을 흘리고 있었다. 갑자기 어색한 침묵이 찾아왔다. 하지만 친절하고 온화한 성격의 술꾼인 카푸르 씨가 사람 좋은 표정으로 주위를 돌아보며 말했다. "모두 다 왔어? 좋아, 좋아, 다 왔군. 전부 다 왔어…. 모닥불에 장작 좀 더 던져 넣어!"

사실 불은 아주 잘 타오르고 있었지만, 카푸르 씨에겐 충분하지 않았다. 그가 장작을 몇 개씩이나 모닥불에 던지는 바람에 한층 거세진 불길이 집까지 번질까 걱정될 정도였다. 카푸르 씨의 아내인 메나는 남편의 행동에 짜증스럽다는 듯한 표정을 지었다. 그녀는 수완도 있는 데다 여전히 젊고 매력적인 안주인이었다. 붉은 사리에 하얀 실크 재킷을 입고 곱게 땋은 머리에서 재스민 향기가 풍겼다. 그녀는 아름다웠다. 러스티는 감탄 어린 눈길로 바라보았다. 아름답다고 찬사를 퍼붓고 싶었다.

메나가 덩치 큰 남자에게 다가가 그의 귀에 대고 뭐라고 속삭인 후, 한 가게 주인에게 가서 그의 귀에 대고 또 뭐라고 속삭였다. 그러자 두 남자가 카푸르 씨가 서 있는 곳으로 슬그머니 가서 부드럽게 그를 안고 집 안으로 들어가려고 시도했다. 하지만 카푸르 씨에겐 어림없는 일이었다. 그는 두 사람을 힘껏 밀어내면서 고래고래 소리를 질렀다. "계속 불을 피워! 불이 꺼지지 않도록 장작을 더 집어넣으란 말이야!"

그리고 미처 말리기도 전에 가장 맛있는 사탕과자가 들어 있는 냄비를 불길 속에 던져버렸다. 러스티에게 그것은 신성 모독과 같은 행위였다. "아, 카푸르 씨….” 그 순간, 뒤쪽에서 작은 소란이 일어나는 바람에 러스티의 탄식은 난데없는 폭발음 속에 묻혀버렸다.

수리와 그의 친구 두어 명이 분수 불꽃, 로켓 불꽃과 폭죽들을 터뜨리며 불꽃놀이를 시작한 것이다. 분수 불꽃들은 초록색과 붉은색과 은색 불꽃을 뿜어냈고, 로켓들이 주홍색 꼬리를 달고 밤하늘을 폭격했다. 소란을 일으킨 건 바로 그 폭죽들이었다. 손님들은 불길이 거세진 장작불과 불꽃놀이의 불

똥 사이에서 갈피를 잡지 못했다. 폭발음에 귀를 막고 우왕좌왕하는 사이 여자들이 히스테리를 일으킬 기미를 보이기 시작했다. 그때 수리가 불꽃에 손가락을 데어서 비명을 질러댔다. 수리의 엄마가 뛰어가자 다들 수리에게 몰려가 호들갑을 피웠다. 몇 안 되는 남자들은 어색하게 그 상황을 지켜보면서, '누가 보면 죽은 줄 알겠네' 하고 내심 코웃음 쳤다.

갑자기 거친 무엇이 러스티의 뺨을 스쳤다. 카푸르 씨의 수염이었다. 소미가 그를 러스티에게 데려왔는데, 몽롱해진 카푸르 씨가 비틀거리지 않으려고 러스티의 어깨에 두 손을 짚고 얼굴을 바짝 들이댄 것이다. 충혈된 눈에 눈물이 맺힌 채 그는 고개를 끄덕였다.

"러스티… 그러니까 자네가 그 러스티 씨구만. 듣자 하니 당신이 내 선생이 될 거라던데."

"아드님의 교사죠. 하지만 그건 선생님이 결정하실 일이죠." 러스티가 대꾸했다.

"나를 선생님이라고 부르지 마." 그는 러스티의 얼굴에 앞에서 손가락을 흔들며 말했다. "그냥 이름을 불러. 그러니까 자네는 영국에 간단 말이지?"

“아니요, 저는 선생님 댁에서 교사가 될 겁니다.” 러스티는 땅바닥에 넘어지지 않기 위해 카푸르 씨의 허리를 부여잡고 버텨야 했다. 러스티의 어깨에 기댄 카푸르 씨가 너무 무거웠다.

“좋아, 좋아. 떠나기 전에 말해줘. 내가 아는 사람들 주소를 몇 개 알려주고 싶으니까. 몬테카를로는 꼭 가봐. 그곳을 보지 않고는 세상을 제대로 봤다고 할 수 없지. 미래가 있는 유일한 땅이거든. 누가 몬테카를로를 세운 줄 아나?”

러스티가 카푸르 씨와 어떤 의미 있는 대화를 하거나 그가 영어 교사로 자기를 뽑아줄지 물어보는 건 불가능했다. 카푸르 씨가 러스티의 팔에 기대선 채 자꾸 미끄러지자, 러스티는 그 틈을 타 자세를 좀 더 편하게 고쳐 잡고는 집주인의 상체를 붙들어 다시 끌어올렸다.

러스티가 대답했다. “아뇨, 몰라요. 누가 세웠나요?”

“나야. 내가 몬테카를로를 세웠지.”

“아, 그렇군요. 당연히 그러시겠죠.”

“그래, 내가 이 멋진 집도 지었어. 난 천재야. 그건 의심의 여지가 없어. 나는 내 식견을 아주 높이 평가해. 자네 생각은 어떤가?”

"잘은 모르겠지만, 선생님 말씀이 맞으실 겁니다."

"당연히 내 말이 맞지. 하지만 두려워하지 말고 자기 생각을 당당히 말해봐. 틀렸더라도 자신의 권리를 지키기 위해 당당히 나서라고. 이봐, 모닥불에 장작 좀 더 넣어. 계속 불이 타오르게 하라고."

카푸르 씨는 자신을 부축하고 있는 러스티의 팔을 뿌리치고 모닥불 쪽으로 비틀거리며 다가갔다. 러스티가 조심하라고 소리를 지르면서 그의 초록색 가운 끝자락을 붙잡아 뒤쪽으로 끌어당겼다. 마침 달려온 메나가 러스티에게는 눈길 한 번 주지 않은 채, 카푸르 씨의 팔을 잡고 재촉해서 집 안으로 데려갔다. 러스티는 멍하니 메나의 뒷모습을 바라봤고, 그녀가 사라진 후에도 한동안 눈길을 떼지 못했다. 손님들은 아무 일 없었다는 듯 수다를 이어갔다. 하지만 내일 아침에는 동네에 소문이 퍼질 게 분명했다. 철모르는 아이들은 자기들끼리 낄낄 웃어댔고, 영악한 수리가 큰 소리로 흉내냈다.

"모닥불에 장작 좀 더 넣어. 계속 불이 타오르게 하라고!"

소미가 돌아와 물었다. "카푸르 씨가 뭐라고 했어?"

"자기가 몬테카를로를 세웠다고 하던데."

소미가 자기 이마를 '탁' 치며 말했다. "맙소사! 내일 아침에 다시 와야겠네. 내일 와도 이 모양이면 그땐 카푸르 씨 부인과 이야기해야지. 이 집에서 제정신인 사람은 부인밖에 없으니까."

둘은 모닥불을 둥그렇게 둘러싸고 있는 사람들 사이를 빠져나와 바나나 나무 아래로 갔다. 손님들의 목소리는 점점 멀어져 웅얼거림으로 바뀌었지만, 수리의 날카롭고 새된 목소리만은 맑은 밤공기를 타고 또렷하게 들려왔다.

소미가 말했다. "내일 아침에 챠트 가게에 가자. 란비르가 널 찾아."

러스티는 란비르를 거의 잊고 있었다. 소미가 말하기 전에 란비르는 어떻게 지내는지 물어보지 않아서 왠지 미안했다. 란비르는 그에게 중요한 사람이었다. 초록과 빨강 두 가지 색깔과 부드러운 손길로 그의 삶의 방향을 완전히 바꾸어놓은 존재였으니까.

매력적인 소년 키션

부모님의 바람과 달리 키션 카푸르는 주로 시장에서 시간을 보냈다. 그가 시장을 사랑하는 이유는 그곳이 그에게 금지된 곳이기 때문이다. 그는 일부러 비위생적이고 위험한 그곳에서 더러운 세균을 잔뜩 묻힌 채 집에 가곤 했다.

란비르가 시장을 사랑하는 이유는 그곳에서 태어났기 때문이다. 란비르는 시장 말고는 아는 곳이 거의 없었다. 열 살 때부터 아버지가 키우는 물소들을 광장으로 몰고 가 풀을 뜯어 먹게 하고, 강가로 데려가 물과 진흙 속에서 뒹굴며 놀게 했다. 밤이 되면 가장 힘세고 빠른 물소 등에 올라타고 나머지 무리들을 집으로 몰아갔다. 나이가 들어서는 아버지의 직물 가게 일을 도왔지만, 언제나 기쁜 마음으로 물소들을 돌보는 일로 돌아가곤 했다.

키션은 동물을 좋아하지 않았고, 특히 소와 물소는 질색했다. 그의 가장 큰 적은 시장의 여왕, 암소 마하라니였다. 마하라니 역시 키션처럼 응석받이로 자라서 늘 제멋대로 행동했다. 다른 소들과 달리 마하라니는 쓰레기통이나 쓰레기 더미를 뒤지지 않고, 시장 사람들의 호의에 의지해 살아왔다.

더구나 키션은 종교적 관념을 전혀 신경 쓰지 않았다. 그에게 소는 그저 소일 뿐이지 신성한 존재가 아니었다. 그래서 마하라니가 지나갈 수 있도록 자기가 길을 비켜줘야 할 이유도 없고, 그의 코앞에서 마하라니가 먹을 걸 훔쳐 갈 때도 가만 놔둘 생각도 없었다. 어느 날 그는 마하라니의 꼬리에 빈 깡통을 매달아, 위험한 도로 위에서 깡통 소리를 내며 날뛰는 모습을 지켜보며 재미있어 죽으려 했다. 체면 따윈 도통 모르는 키션은 남이 망신당하는 모습을 보며 즐거워했다. 하지만 며칠 뒤 키션은 마하라니의 코에 엉덩이를 받쳐서 도랑에 빠지고 말았다.

란비르와 키션은 주로 챠트 가게에서 음식을 사 먹었다. 돈이 없으면 란비르의 삼촌이 일구는 사탕수수밭에서 일하고 품삯으로 1루피를 벌었다. 하지만 키션은 일을 싫어했고, 란비르는 해야 할 일이 늘 많았기에 둘 다 돈이 별로 없었다. 그 말은 요령껏 살아야 한다는 뜻이었는데, 주로 키션이 요령을 부렸다. 그는 집 안에 굴러다니는 아버지의 푼돈을 슬쩍하거나, 가끔은 채소와 과일 노점에서 훔쳐먹기도 했다.

란비르는 레슬링을 했다. 그래서 물소를 잘 다루었다. 시장에서 가장 뛰어난 레슬러로 머리가 좋은 편은 아니었지만, 힘만큼은 누구도 당해내지 못했다. 마치 거대한 나무처럼, 큰 발을 어디에 디디고 서건 간에 아무리 붙잡고 흔들어도 꿈쩍도 하지 않았다. 하지만 그는 천성적으로 온화한 성격이었다. 그래서 동네 여인들은 바쁠 때면 아기를 봐달라고 맡기곤 했다. 그는 아이를 품에 안고 몇 시간이고 노래를 불러주며 행복해했다.

란비르는 쉽게 잃지 않을 것 같은 순수함을 지니고 있었다. 그는 지금까지 인생을 겪을 만큼 겪었고, 인생이 그를 멍들게 하고 여러 개의 흉터를 남겼지만, 완전히 무너뜨리거나 절망하게 만들지는 못했다. 어느 날 그는 우연히 동네 사원의 무희에게 빠져들고 말았다. 본능적으로 행동했고, 거기서 얻은 쾌락은 의도적인 것도 아니었으며, 곧 그 일은 희미한 기억으로 사라졌다.

하지만 수리가 그 사실을 알아내어 란비르의 가족에게 알리겠다고 협박했다. 수리의 교활한 마수에 걸려든 란비르는 그의 비위를 맞춰야 하는 처지가 되었다. 그러나 홀리 축제처럼 모든 경계가 무너지는 날에는, 수리의 그런 권력도 비웃음거리가 되었다.

카푸르 씨의 파티 다음 날 아침, 소미와 란비르와 러스티는 챠트 가게에 앉아 러스티의 미래를 의논했다. 란비르는 어딘가 기가 죽어 있었다. 흐트러진 머리카락을 이마에 그대로 늘어뜨린 채 차마 러스티와 눈도 마주치지 못했다.

"나 때문에 네가 곤경에 처했어. 정말 면목이 없다." 란비르는 무뚝뚝하게 말했다.

러스티는 웃으면서 손가락에 묻은 소스를 빨아먹고, 빈 바나나잎을 우그러뜨렸다.

"바보 같긴. 뭐가 미안해? 날 행복하게 만들어준 게 미안해?

후견인 아저씨에게서 벗어나게 한 게 미안해? 음, 나는 후회
안 해. 그건 확실해.”

“정말? 너 화난 거 아니었어?” 란비르가 놀라며 물었다.

“아니. 하지만 계속 이런 식으로 나오면 화낼 거야.”

란비르의 표정이 환해졌다. 그가 소미와 러스티의 등을 너무
나 열정적으로 두드린 나머지 소미는 들고 있던 알루 초레ㅣ감자
와 병아리콩으로 만든 음식-옮긴이ㅣ 그릇을 떨어뜨리고 말았다.

“자자, 얘들아. 너희들이 골 구파스에 질려서 내가 무수리에
서 돌아올 때까지 더는 먹을 수 없을 정도로 사줄게!” 란비르
가 말했다.

“무수리라고? 너 무수리에 가?” 소미가 어리둥절한 표정으
로 물었다.

“거기 학교에 가!”

“맞아.” 그때 문가에서 목소리가 들려왔다. 연기에 가려 누
군지는 보이지 않았다. “이제 다 먹었으면….”

소미가 낮게 속삭였다. “저건 우리를 성가시게 하려고 온 원
숭이 백만장자 키션이야.” 그러고는 소미가 목소리를 높였다.
“키션, 이리 와서 우리랑 같이 골 구파스 먹자!”

연기 속에서 모습을 드러낸 키션은 주머니에 손을 찔러넣은 채 잘난 척 허세를 부리며 걸어왔다. 그는 이 가게에서 파자마가 아닌 일반 바지를 입은 유일한 손님이었다.

"어이! 누가 네 눈탱이를 밤탱이로 만든 거야?" 소미가 외쳤다.

키션은 대꾸하지 않고 러스티의 맞은편에 앉았다. 그의 셔츠는 길게 흘러내렸고, 바지는 무릎을 덮고 있었다. 눈썹과 머리는 짙고 풍성했고 축 늘어진 입술은 기분 나빠 보였다. 뾰로통한 표정은 오늘만 그런 게 아니라 늘 그런 듯했다. 키션의 거들먹거리는 걸음걸이, 재력, 그다지 매력적이지 않은 얼굴, 뒤틀린 성격은 기이하게도 러스티에게 매력적으로 느껴졌다.

키션은 좀 흥분했을 때 항상 그렇듯 집게손가락으로 코를 후비며 말했다. "빌어먹을 레슬링 선수들이 내게 떼로 덤비지 뭐야."

"왜?" 란비르가 바로 허리를 곧추세우고 물었다.

"내가 광장에서 배드민턴 코트를 만들고 있었는데 그 자식들이 몰려와서 자기들이 거기를 레슬링 경기장으로 쓰려고 먼저 맡아놨다는 거야.”

“그래서?”

키션의 과장된 미국식 억양이 더 두드러졌다. “내가 지옥으로 꺼지라고 했어!”

란비르가 웃음을 터트렸다. “그래서 네가 혼자서 그 녀석들이랑 레슬링을 한 거야?”

“응, 그런데 놈들이 주먹을 날릴 줄은 몰랐어. 너희들이 그 자리에 있었으면 놈들이 아무 짓도 못 했을 텐데 말이야. 그렇지 않아, 란비르?”

란비르는 미소를 지었다. 그는 분명 그리리라는 사실을 알고 있었지만, 힘 자랑을 하고 싶어 하진 않았다. 키션이 새로 온 사람에게 주목했다.

“당신이 러스티 씨인가요?” 그가 물었다.

“그래, 내가 러스티야. 네가 키션이니?” 러스티가 물었다.

“맞아요. 권투 할 줄 알아요, 러스티?”

“흠.” 동네 싸움에 휘말리는 게 내키지 않았던 러스티는 이렇게 대답했다. “레슬링 선수들과는 권투 경기를 해본 적이 없어서 말이야.”

소미가 끼어들었다. "러스티가 오늘 밤 너희 아버지를 만나러 갈 거야. 러스티에게 영어 교사 자리를 주라고 아버지를 좀 설득해봐."

키션은 코를 후비며 교활한 표정으로 러스티에게 윙크해 보였다.

"맞다. 아버지에게 이야기 들었어요. 당신이 무슨 교수라고 하던데. 수업이 빡세지 않고, 내가 부모님에게 거짓말을 할 때 나를 도와주고, 내가 공부를 열심히 하고 있다고 말해준다면, 내 선생님이 될 수 있겠죠. 진짜 선생님보단 당신이 훨씬 낫지."

"난 모두의 비위를 맞춰야겠군." 러스티가 중얼거렸다.

"그럴 수 있다면 당신은 영리한 사람이겠죠. 내 생각에 당신은 그런 사람 같은데요."

"맞아." 러스티는 그 말에 동의했고, 자신이 그렇게 말한 것에 내심 놀랐다.

＊ ＊ ＊

이제 러스티가 키션과 만났으니, 둘이서 카푸르 씨의 집

에 같이 가는 게 좋겠다고 소미가 제안했다. 그래서 그날 저
녁 러스티는 시장에서 키션과 같이 만나 집까지 걸어가기로
했다.

시장에서 하나밖에 없는 극장 앞에 사람들이 잔뜩 몰려 있
었다. 모두 신경이 곤두서 있었고, 금방이라도 몸싸움이 벌어
질 듯한 분위기였다. 줄을 선다거나 예매하는 시스템 자체가
없었기 때문에 이 특별한 극장에 들어가려면 사람들과 싸워
서 자리를 차지해야 했다.

"여기 무슨 문제라도 있는 거야?" 러스티가 물었다.

"별일 아니에요. 오늘 상영할 영화가 〈로렐과 하디〉|전설적인
코미디 듀오인 스탠 로렐과 올리버 하디가 출연한 고전 코미디 영화-옮긴이| 인데
인기가 엄청 많아서 이래요. 인기 있는 영화를 상영할 때는
대개 이런 난리가 나거든요. 하지만 난 지붕을 뚫고 안으로
들어가는 방법을 알아요. 나중에 알려줄게요." 키션이 태연하
게 말했다.

"정말 황당하네."

"맞아요. 극장 지붕은 비만 오면 줄줄 새서 다들 우산을 가
져와요. 음식도 가져오고. 영사기가 고장 나거나 정전이라도

되면 한참을 기다려야 하거든요. 그런 날에는 챠트 파는 아저씨가 와서 장사하기도 해요."

"진짜 황당하다." 러스티가 다시 중얼거렸다.

"금방 적응돼요. 자, 껌이나 씹어요."

키션의 턱은 지난 사흘 동안 계속 커지는 껌 덩어리를 씹느라 쉴 새 없이 움직이고 있었다. 껌을 뱉지 않고 한 시간마다 새 껌을 보태 씹는 바람에 그렇게 커진 것이다. 러스티는 인도인들이 판ㅣ베텔 잎에 다양한 재료를 넣고, 껌처럼 씹는 간식-옮긴이ㅣ을 씹는 모습에 익숙해져 있었다. 그들은 베텔 잎 때문에 입속이 붉은 물로 얼룩지지만, 키션은 러스티가 지금까지 만난 그 어떤 인도인과도 달랐다. 그는 키션이 내민 껌을 받아들고, 함께 조용히 껌을 씹으며 걸었다. 두 사람의 턱은 리드미컬하게 움직였고, 키션이 간간이 침을 빨아들이는 소리가 났다.

두 사람이 거실로 들어서자 메나 카푸르가 키션에게 달려들었다.

"아하! 이제야 집에 들어오기로 했나 보네. 나 모르게 아버지에게 돈을 달라고 했다니 그게 무슨 짓이야? 그 돈으로 뭘

했어? 키션, 이 자식아. 그 돈은 어디 있냐고?"

키션은 태연히 거실을 가로질러 소파에 털썩 앉았다. "다 썼는데."

메나가 허리에 손을 짚고 소리쳤다. "다 썼다니 그게 무슨 뜻이야!"

"사 먹는 데 썼다고요."

키션의 뺨에서 철썩철썩 소리가 났다. 엄마의 손자국이 남은 뺨이 하얗게 질렸다. 러스티는 문 쪽으로 슬금슬금 물러났다. 이렇게 가족끼리 내밀한 자리에 있기가 굉장히 곤혹스러웠다.

"가지 말아요, 러스티. 안 그러면 엄마가 날 계속 때릴 거예요!" 키션이 소리쳤다.

초록색 실내복 차림의 카푸르 씨가 긴 수염을 쓰다듬으며 거실로 나오자 키션의 엄마가 돌아서며 불만스럽게 말했다.

"왜 애한테 그렇게 돈을 많이 주는 거예요? 얘가 그 돈으로 시장 음식을 다 사 먹고 배탈 나는 거 알잖아요."

그 순간 러스티는 가족 모두를 만족시킬 기회라고 생각했다. 카푸르 씨의 체면을 살리고, 부인을 진정시키며 동시에 키션의 애정과 존경을 얻을 기회 말이다. 그가 말했다.

"다 제 잘못이에요. 제가 키션을 데리고 챠트 가게에 갔습니다. 정말 죄송합니다."

메나 카푸르는 조용해졌고 눈빛이 한결 부드러워졌다. 하지만 러스티는 그녀의 다정한 표정에 속으로 화가 났다. 그게 동정—그러니까 러스티에 대한 동정—과 아들에 대한 흡족한 자부심에서 비롯됐음을 알고 있기 때문이었다. 메나가 자부심을 느낀 이유는, 아들이 돈을 가난한 사람과 나눠 썼다고 생각했기 때문이었다.

"언제부터 거기 있었던 거죠?" 부인이 말했다.

"전 그저 그 돈에 관해 설명하고 싶었을 뿐이에요."

"부끄러워하지 말고 들어와요."

메나의 미소는 친절하기 그지없었지만, 러스티는 그런 친절을 바란 건 아니었다. 별 뚜렷한 이유도 없이 갑자기 외로워졌다. 소미가 그리웠다. 소미가 없으니 주눅과 무력감이 느껴졌고, 자신이 한없이 눈치 없는 사람이 된 것 같은 느낌이 들었다.

"드릴 말씀이 하나 더 있습니다." 그는 영어 교사 자리를 떠올리고 말했다.

"먼저 안으로 들어와요, 러스티 군."

메나 부인이 그의 이름을 부른 건 그때가 처음이었다. 그로 인해 두 사람은 바로 동등한 위치에 서게 됐다. 그녀는 우아했고 카푸르 씨보다 훨씬 젊었다. 이목구비가 또렷한 고전적 미인이었고, 목소리는 부드러우면서도 단호했다. 단정하게 하나로 틀어 올린 머리는 재스민꽃으로 엮은 끈으로 장식되어 있었다.

"키션을 가르치는 일에 대해서 말인데요." 러스티가 중얼거렸다.

그러자 소파에 앉아 있던 키션이 말했다.

"들어와서 우리랑 같이 카롬 게임|보드 게임의 일종, 한국의 알까기와 유사하다-옮긴이| 해요. 우리 식구들은 다 잘 못 해요. 얼른 와서 앉아요, 파트너."

"쟤는 자기가 미국인인 줄 알아요. 만약 이 아이를 극장에서 보게 되면 끌어내세요." 메나가 말했다.

옆방에서 카롬 보드판을 가져와서 게임이 시작되었다. 러스티가 카푸르 씨와 한편이 됐다. 게임은 좀처럼 진도가 나가지 않았는데, 카푸르 씨가 계속 파티션 너머로 사라져 버렸기 때문이다. 거기서 병들과 잔들이 짤랑거리는 소리가 났다. 러스티는 키션을 가르치는 일에 관한 말을 꺼내기도 전에 카푸르 씨가 취할까 걱정스러웠다.

"아내는 이제 남들 앞에서 내가 취하게 놔두지 않아. 그러니까 벽장 속에 숨어서 마셔야 해." 카푸르 씨는 크게 속삭이는 소리로 러스티에게 말했다. 슬퍼 보이는 그의 뺨에 눈물 자국이 남아 있었다. 아내가 닦달해서 흘린 눈물은 아니었다. 아내의 꾸중은 무시해 버리면 그만이었고, 그저 자기 연민에서 흘린 눈물이었다. 그는 종종 스스로가 가여워서 자다가 깨어 울곤 했다.

러스티가 카롬 맨을 쳐서 포켓에 넣을 때마다 카푸르 씨가 외쳤다. "오, 나이스 샷! 나이스 샷이야!" 마치 지금 하는 게임이 카롬이 아니라 크리켓인 것처럼. "하지만 천천히 쳐. 천천히…." 그러다 자기 차례가 되면 스트라이커를 치는 둥 마는 둥 해서 제대로 움직이지도 못했다.

"제대로 좀 해봐." 이기려고 작정한 메나가 말했다. 하지만 카푸르 씨는 슬그머니 자리에서 일어났고, 남은 사람들은 소

파에 등을 기대고 앉아 다시 잔과 술병이 마주치는 소리가 나
길 기다렸다.

그것은 아주 짜증스러운 게임이었다. 카푸르 씨는 계속해
서 카롬 맨을 제대로 치는 방법을 보여주겠다고 고집을 부렸
고, 러스티가 실수할 때마다 메나는 즐거워하면서 거만한 태
도로 '고마워요'라고 말해서 러스티를 화나게 했다. 그녀와 키
션이 보드 판에 있는 흰색 카롬 맨들을 다 잡았을 때 카푸르
씨와 러스티에게는 검은 카롬 맨이 여덟 개가 남았다.

"고마워요." 메나가 상냥하게 말했다.

"이건 도무지 승부가 안 되네." 키션은 새로운 판을 준비하
면서 얄밉게 말했다. 카푸르 씨가 갑자기 게임에 관심을 보이
며 물었다. "잠깐! 누가 이긴 거야? 누가?"

두 번째 판이 막 시작되었을 때 카푸르 씨는 앞으로 털썩
엎어지며 테이블 위 보드 판을 떨어뜨렸다. 그는 잠들었다. 러
스티가 그의 어깨를 잡아 조심스럽게 의자에 다시 앉혔다. 카
푸르 씨의 숨소리는 거칠었다. 입가에는 침이 고였고, 코도 조
금 골았다.

러스티는 이제 갈 때가 됐다고 생각하고는 자리에서 일어

섰다. 그리고 말했다. "일자리에 대해선 다음에 다시 여쭤봐야
겠군요…."

"그이가 아직 말 안 했어요?" 메나가 말했다.

"뭘요?"

"일해도 된다고 말이죠."

"그런가요!" 러스티가 외쳤다.

메나가 가볍게 웃음을 터트렸다. "당연하죠! 이 일을 맡으
려고 하는 다른 사람이 있는 것도 아니고. 키션은 가르치기
쉬운 아이가 아니거든요. 정해진 보수는 없지만, 당신에게 필
요한 건 뭐든 줄게요. 당신은 우리의 하인이 아니에요. 당신이
가진 지식을 키션에게 나눠주고 키션과 대화하고 같이 있어
준다면 우리에게 은혜를 베풀어주는 셈인걸요. 보답으로 융
숭하게 대접할게요. 당신 방도 따로 있고, 식사는 우리와 같이
할 거예요. 어떠세요?"

"아, 좋습니다." 러스티가 말했다.

그건 정말 근사한 일이었고, 러스티는 기뻤다. 마음이 가벼
워졌고, 세상 모든 근심이 다 사라졌다. 성공한 느낌마저 들었
다. 그에게 일자리가 생긴 것이다. 그리고 그를 보며 웃고 있

는 메나 카푸르는 유난히 더 아름다워 보였다. 키션은 이렇게 말하고 있었다.

"내일은 아빠가 주무시러 들어가더라도 12시까지 꼭 같이 있어 줘야 해요. 약속하는 거죠?"

러스티는 약속했다.

키션의 마음속에서 순수한 열정이 샘솟고 있었다. 평소 뚱해 있는 그의 태도와는 꽤 다른 모습이었다. 러스티는 처음부터 이 어린 소년의 그다지 매력적이지 않은 성격까지도 싫지 않았는데, 지금은 더 좋아하게 됐다. 키션이 그를 자기 집으로 데려왔고 그를 잘 모르는 상황에서도 아무것도 묻지 않은 채 그를 믿어줬기 때문이다. 키션은 악동에 장난꾸러기지만—유치하고 버릇없고—러스티를 마음에 들어 하는 걸 보면 분명 뭔가 장점이 있을 것이다… 자부심이 강한 러스티는 그렇게 판단했다.

소미의 집으로 걸어가는 동안 러스티는 머릿속으로는 키션과의 관계를 곰곰이 생각했지만, 소미와 같이 있으면서 마음이 편해진 그의 입에서 흘러나온 이야기는 주로 카푸르 부인에 대한 것이었다. 자려고 누웠을 때 머릿속에 떠오른 사람도

그녀였다. 그는 그때 처음 그녀의 아름다움, 그녀의 따뜻함과
부드러움을 의식적으로 떠올리면서 그녀를 좋아하기로 마음
먹었다.

10장

지붕 위의
방

해리슨 씨는 며칠 후 평소 모습으로 돌아와 모든 사람에게 러스티가 저지른 야만적인 짓에 대해 말했다. "그 녀석이 짐승처럼 살고 싶다면 그러라고 해요. 녀석은 멋대로 내 집을 나갔으니, 난 아무 책임감도 느끼지 않아요. 설령 굶어 죽는다 해도 자업자득인 거고."

선교사의 아내가 말했다. "하지만 그 아이가 돌아온다면 해리슨 씨가 그 아이를 용서해주기를 바라요."

"그렇게 할 겁니다, 부인. 그래야 하고요. 난 녀석의 법정후견인이니까. 하지만 돌아오지 않기를 바랍니다."

“아, 해리슨 씨. 러스티는 아직 아이일 뿐인데요….”

“그건 부인 생각이고요.”

“분명 돌아올 거예요.”

해리슨 씨는 관심 없다는 듯 어깨를 으쓱했다.

＊ ＊ ＊

러스티의 마음속에 해리슨 씨 생각은 눈곱만큼도 없었다. 그는 메나 카푸르 부인이 그의 방에 관해 이야기하는 걸 들으면서 그녀의 눈을 물끄러미 바라보고 있었다.

“괜찮은 방이에요. 하지만 물이나 전기는 쓸 수 없고 화장실도 없어요.”

러스티는 호수 같은 그녀의 갈색 눈동자 속에 푹 빠져 있었다.

부인이 말했다. “러스티 군이 쓸 물은 공동 물탱크에서 받아와야 할 거예요. 다른 용무는 숲속에서 해결해야 할 거고요.”

러스티는 그녀의 눈동자에 그녀를 바라보는 자신의 시선이 언뜻 비쳤다는 생각이 들었다.

"키션은 오전에 12시까지 가르치면 됩니다. 그다음엔 식사
하면 되고."

"그다음은요?"

"그다음은 없어요. 뭐든 하고 싶은 걸 해요. 키션이나 소미
나 다른 친구와 같이 나가도 좋고."

"키션은 어디서 가르치죠?"

"물론 지붕 위에서 해야죠."

러스티는 부인을 바라보던 시선을 거두고 머리를 긁적였
다. 공부방을 차리기에 지붕은 이상한 장소처럼 느껴졌다.

"왜 지붕이죠?"

"러스티 군 방이 지붕 위에 있으니까요."

＊　＊　＊

메나가 러스티를 이끌고 집 옆으로 돌아가자 지붕으로 올
라가는 옥외 계단이 나왔다. 계단을 올라가기 전에 좁은 배수
구를 하나 뛰어넘어야 했다.

"이 배수구는 넘어가기 아주 쉬워요. 하지만 계단을 내려올

때는 조심해야 해요. 자칫 잘못하면 반대쪽 벽에 부딪히거나, 보통 그 자리에 있는 화로에 걸려 넘어질 수 있으니까….”

“조심할게요.” 러스티가 말했다.

메나가 앞장서서 계단을 올라가기 시작했고, 러스티가 뒤따라갔다. 러스티는 메나의 길고 날씬한 발을 바라봤다. 부인이 신은 슬리퍼는 발가락 사이로 지나가는 두 개의 끈으로 고정되어 있었고, 걸을 때마다 슬리퍼 뒤축이 소미의 그것처럼 발뒤꿈치를 탁탁 때렸다. 단지 그 음악 소리만—발도 마찬가지고—소미의 그것과 아주 달랐다….

“이 계단을 오를 때 주의해야 할 또 다른 점은 다 해서 스물두 단이라는 거예요. 아, 세진 말아요. 내가 이미 해봤으니까…. 하지만 잊지 말아요. 만약 어두운 밤에 이 계단을 올라갈 때면 오직 스물두 계단만 올라가야 해요. 안 그러면.” 그녀는 손을 들고 딱 소리를 내며 손가락을 튕겼다. “저세상으로 가게 될 테니까! 스물두 단을 올라온 후에 오른쪽으로 돌면 문이 나올 거예요. 자, 여기 이 문이요. 만약 오른쪽으로 돌지 않고 한 계단 더 올라간다고 발을 딛는다면 지붕 아래로 떨어지게 돼요!”

두 사람은 웃음을 터트렸다. 부인이 러스티의 손을 잡고 방 안으로 이끌었다. 그곳은 방이라곤 했지만, 세간이 거의 없었다. 그저 차르파이(나무나 금속으로 된 프레임에 로프나 끈을 엮어 만든 침대-옮긴이) 하나, 테이블 하나, 선반 하나, 그리고 벽에 못이 몇 개 박혀 있었다. 후견인의 집에 있는 러스티의 방과 비교하면 방이라고도 할 수 없고 그저 네 개의 벽과 문 하나와 창문이 있는 공간에 지나지 않았다.

문이 지붕으로 나 있었고, 부인은 문 너머로 보이는 크고 둥근 물탱크를 가리켰다.

"저기서 씻고 필요한 물은 길어오면 돼요." 부인이 말했다.

"알아요. 소미와 같이 가봤어요."

그 탱크 뒤에 커다란 망고나무 한 그루가 서 있었는데, 키션이 그 나뭇가지 사이에 앉아 그들을 바라보고 있었다. 집 주위에는 리치 나무가 여러 그루 있었다. 여름에는 리치와 망고나무에 열매가 열릴 것이다.

그때까지도 메나는 러스티의 손을 잡고 있었다. 러스티는 그 순간 시간이 멈추면 좋겠다고 생각했다. 메나는 그에게 누이 같은 애정을 느꼈지만, 러스티는 점점 빠져드는 마음을 숨길 수가 없었다.

멀리, 다른 나무들 위로 우뚝 솟은 숲의 불꽃나무가 보였다. 그 나무에서 피는 꽃들이 파란 하늘을 배경으로 불타오르듯 붉게 빛나고 있었다. 창문 너머로 분홍색 부겐빌레아 덩굴 가지가 들어와 있었다. 러스티는 자기가 그 가지를 자르지 않을 거라는 걸 알았고, 그래서 앞으로 절대 창문을 닫을 수 없으리라는 것도 알았다.

메나가 말했다. "이 방이 마음에 들지 않으면 다른 방을 찾아줄 수도…." 러스티가 미소를 지어 보이며 말했다.

"마음에 들어요. 여기서 살고 싶어요. 왜 그런지 알아요, 여긴 진짜 방이 아니니까요, 그래서 좋아요!"

* * *

오후가 되자 따뜻해졌다. 러스티는 집 뒤에서 자라는 커다란 벵골보리수 밑에 앉아 있었다. 집채만 한 나무에서 뻗어 나간 가지들이 땅으로 늘어져서 새로운 뿌리를 내려 기둥처럼 서 있는 미로 같은 통로를 형성했다. 이 나무는 수많은 새와 다람쥐들의 안식처였다.

다람쥐 한 마리가 러스티 앞에 섰다. 꼬리를 하늘로 치켜들고, 등을 우아하게 구부린 채 코는 흥분한 듯 씰룩이면서 두 다리 사이로 그를 쳐다보았다.

"안녕." 러스티가 말했다.

다람쥐는 앞발로 자기 코를 쓰윽 몇 번 쓸어내리더니, 러스티에게 윙크하고, 폴짝 뛰어서 기둥 같은 벵골보리수 위로 쪼르르 달려 올라갔다. 러스티는 벵골보리수의 넓적한 줄기에 몸을 기댄 채 벌들이 나른하게 윙윙거리는 소리, 다람쥐들이 찍찍거리는 소리, 끝도 없이 재잘거리는 새들의 이야기 소리를 들었다.

메나와 키션 생각을 하자 참을 수 없을 정도로 행복해졌다. 그러다 소미와 챠트 가게가 떠올라 그곳으로 향했다. 챠트 가게 주인이 그에게 나뭇잎으로 만든 그릇을 건네고는, 알루 촐레를 준비해 주었다. 얇게 썬 감자 위에 병아리콩을 넣고 고춧가루와 주스를 살짝 뿌린 후, 잎으로 만든 그릇에 넣고 위아래로 흔들어 주면 간단하게 알루 촐레가 완성된다.

소미는 슬리퍼를 벗고 책상다리한 후, 한껏 궁금한 표정으로 러스티를 바라봤다.

"난 괜찮아." 러스티가 말했다.

"확실해?"

그의 목소리는 걱정스러웠고, 잠시 망설이는 눈빛이었다가 이내 입가에 미소가 번졌다.

"괜찮다니까. 곧 그 방에 적응될 거야." 러스티가 말했다.

잠시 침묵이 흘렀다. 러스티는 문득 메나 부인을 생각하고는 소미에게 배은망덕한 짓을 한 것 같은 죄책감을 느끼면서 알루 촐레를 먹는 데만 집중했다.

"란비르가 떠났어." 소미가 말했다.

"이런, 작별 인사도 안 했는데!"

"영원히 떠난 것도 아닌데, 작별 인사를 하는 게 무슨 소용이 있어…."

소미의 목소리는 우울하게 들렸다. 그는 자기 몫의 알루 촐레를 다 먹고 말했다. "러스티, 너는 내가 제일 좋아하는 친구야. 가정 교사 따위 마음에 들지 않으면 다른 일을 찾아보자."

"아니야, 마음에 든다니까, 소미. 난 이 일을 원해, 정말이야. 넌 날 위해 너무 많은 걸 해주려고 애쓰고 있어. 카푸르 부인

은 친절하고, 카푸르 씨는 아주 재미있고, 키션도 그렇게 나빠
진 않아. 너도 알잖아…. 내 방을 보러 가자. 그 방은 시를 쓰
거나 음악이 저절로 만들어지는 그런 종류의 방이라니까.”

해 질 무렵이 되어서야 그들은 집으로 향했다. 저녁 공기는
여러 소리로 가득 차 있었다. 러스티는 그 소리들에 귀 기울
였다. 그는 지금 행복하다. 행복한 사람들은 자신을 둘러싼 모
든 것에 관심을 기울이는 법이다.

도로 위로 마차들이 지나갈 때 나는 삐걱거리고 덜컹거리
는 소리. 끽끽거리는 바퀴 소리, 땅을 밟고 울려 퍼지는 말발
굽 소리. 말의 귓전을 탁탁 내리치는 채찍 소리, 마부가 외치
는 소리, 바퀴가 삐걱거리며 돌아가는 소리, 그리고 다그닥 다
그닥 리듬을 타는 말발굽 소리. 쉭 소리를 내면서 첨벙거리는
물웅덩이를 가르며 지나가는 자전거 소리. 바퀴에서 부드럽
게 윙윙 소리가 나고, 딸랑딸랑 종이 울리는 소리…. 덤불 속
에서 참새와 덤불 찌르레기들이 지저귀는 소리가 들렸지만,
새들의 모습은 보이지 않았다.

그리고 발걸음 소리가 들렸다.

조용히 생각에 잠긴 이들의 발걸음 소리. 그리고 그들 앞에

서 걸어가는 한 노인의 소리. 노인은 다리까지 내려오는 도티
|인도 전통 의상으로 바느질하지 않은 한 장의 천-옮긴이|를 입고 검은 우산
을 든 채 시계처럼 일정한 속도로 걸어가고 있었다. 한 발짝
씩 걸을 때마다 우산으로 보도를 탁탁 내리쳤다. 우산이 땅을
내리치는 소리에 맞춰 노인의 신발 끄는 소리가 박자를 이루
며 사방에 울려 퍼졌다. 러스티와 소미가 재빨리 걸어서 노인
을 추월하자, 땅을 울리던 노인의 발소리가 바람을 타고 사라
졌다.

둘은 지붕 위에 한 시간 동안 앉아서 해가 지는 풍경을 바
라봤다. 소미가 노래를 불렀다. 맑으면서도 부드럽고 풍부한
소미의 목소리가 그의 얼굴에 떠오른 평온한 표정과 잘 어울
렸다. 노래를 부를 때 그의 시선은 밤 풍경 속을 정처 없이 떠
돌았고, 그 순간 그는 세상과 러스티에게서 벗어난 듯했다. 그
가 별을 노래할 때 그는 별이 되었고, 강을 노래할 때는 강이
되었으니까. 그는 평범한 언어로는 표현할 수 없는 방식으로
자신의 마음을 러스티에게 전하고 있었다. 노래가 끝나자 다
시 침묵이 돌아왔고, 온 세상이 잠들었다.

11장

악마 클럽

러스티는 새벽이 환하게 피어나는 모습을 지켜봤다.

처음에는 사방이 어두웠으나 서서히 물건들이—책상과 의자, 벽들— 형체를 드러냈고, 마치 베일을 들어 올리는 것처럼 어둠이 걷혔다. 그리고 나무 꼭대기 위 하늘이 주홍색으로 물들어갔다. 차츰차츰 사위가 점점 더 선명해지고 뚜렷해져 갔다. 그러다 자연의 모든 것이 온전히 그 모습을 드러냈을 때 태양이 나무들과 언덕 위에 떠 올라 창문으로 따스한 햇볕 한 줄기를 슬쩍 비췄다. 벽을 따라 햇빛이 슬금슬금 기어 와서, 침대를 가로질러, 러스티의 맨 다리에 기어올라 전신을 쓰다듬으며 '일어나, 일어나, 일어날 시간이야'라고 속삭였다.

러스티가 눈을 깜박였다. 그는 일어나 앉아 눈을 비비며 주위를 둘러봤다. 이 방에서 처음으로 아침을 맞은 날이었다. 창턱에 앉은 갈색과 노란색이 섞인 작은 구관조 한 마리가 고개를 갸웃거리며 그를 쳐다보고 있었다. 구관조는 흔히 볼 수 있는 새였지만, 이 녀석은 특이하게도 대머리였다. 다른 새들과 싸우다 머리 깃털을 죄다 뽑힌 모양이었다.

러스티는 일어나서 씻어야 할지 아니면 누가 오길 기다려야 할지 고민했다. 하지만 오래 기다릴 필요도 없었다. 침대 밑에서 뭔가가 쿵 소리를 내며 그와 부딪쳤다.

겁이 더럭 난 그는 온몸이 뻣뻣해졌다. 침대 밑에서 무언가 꿈틀대는지 매트리스가 부드럽게 올라갔다 내려갔다 하고 있었다. 밤새 열어놓은 문으로 들개나 늑대가 몰래 들어온 건 아닐까. 러스티는 덜덜 떨었지만 움직이진 않았다… 들개나 늑대보다 더 위험한 것일지도 모르니까. 이 집은 정글과도 가까우니… 아니, 어쩌면 도둑이 들어왔을지도 모른다… 하지만 여기서 훔쳐 갈 게 뭐가 있다고?

숨 막히는 긴장감을 견딜 수 없었던 러스티는 이불 속에서 오르락내리락하는 혹 같은 것을 주먹으로 쾅 내리쳤다. 그러자 비명을 지르며 누군가 밑에서 뛰쳐나왔다. 키션이었다.

그는 바닥에 털썩 주저앉은 채 러스티에게 욕을 퍼부었다.

"미안해. 하지만 너 때문에 식겁했잖아." 러스티가 말했다.

"놀랐다니 기쁘네요. 형 때문에 아프잖아요."

"그건 네 살못이지. 지금 몇 시니?"

"일어날 시간이에요. 우유를 좀 가져왔어요. 내 것까지 마셔도 돼요. 난 우유라면 질색이니까. 우유가 내 껌 맛까지 버린다니까."

키션은 러스티를 따라 물탱크까지 같이 갔다. 거기서 소미를 만났다. 셋이서 목욕하고 물주머니에 물을 채운 후 첫 수업을 하기 위해 다시 지붕 위의 방으로 돌아왔다.

키션과 러스티는 침대 위에서 책상다리를 한 채 서로 마주봤다.

러스티는 자기 턱을 손가락으로 만지작거렸고, 키션은 자기 발가락을 가지고 놀았다.

"오늘은 뭘 배우고 싶니?" 러스티가 물었다.

“그걸 내가 어떻게 알아요? 그건 당신 문제죠, 파트너.”

“오늘은 첫날이니까, 네가 고를 수 있어.”

“그럼 OX[O와 X로 표를 그려서 승부를 가리는 게임-옮긴이] 게임 해요.”

“장난치지 말고. 지금까지 어떤 책들을 읽었는지 말해봐.”

키션은 고개를 들어 천장을 바라봤다. “너무 많이 읽어서 제목은 기억이 안 나요.”

“흠, 어떤 내용인지는 말해줄 수 있잖아.”

키션은 당황한 표정이었다. “아, 물론이죠… 물론이에요. 어디 보자… 소녀가 토끼굴로 들어간 이야기는 어때요?”

“그게 뭐가 어쨌다는 거야?”

“그거 제목이 《보물섬》이잖아요.”

“맙소사!” 러스티가 말했다.

“형은 둘 중에서 어떤 것을 읽었어요?” 키션이 물었다. 그는 이 토론에 점점 흥미를 느끼는 듯했다.

“보물섬과 토끼굴에 관한 이야기 다 읽었지. 넌 한 권도 안 읽었지? 너는 크면 뭐가 되고 싶니? 사업가, 경찰관, 엔지니어?”

“아무것도 되고 싶지 않아요. 형은?”

"지금은 네가 나에게 질문할 때가 아니지. 하지만 네가 궁금하다면, 난 작가가 될 거야. 책을 쓸 거고. 넌 그걸 읽겠지."

"형은 위대한 작가가 될 거예요, 러스티, 위대한…."

"그걸 누가 알겠어?"

"난 알아요. 형은 끝내주는 작가가 될 거예요." 키션이 진지하게 말했다.

"형은 유명해질 거예요. 형은 왕이 될 거고."

"조용히 해…."

✱ ✱ ✱

카푸르 가족은 러스티를 좋아했다. 키션은 그가 옆에 같이 있어 줘서 좋아하고, 카푸르 씨는 그의 비위를 잘 맞춰주는 대화 때문에 좋아하고, 메나가 그를 좋아하는 이유는― 음, 러스티가 그녀를 좋아하기 때문이다….

메나는 아주 어렸을 때 카푸르 씨와 집안끼리 약혼한 사이였다. 둘의 나이 차가 거의 스무 살이나 되지만 말이다.|인도에는 18세 미만의 아동이 결혼하는 조혼 풍습이 있었다-옮긴이| 카푸르 씨는 장

래가 촉망되는 청년으로 똑똑했고, 돈을 정신없이 벌어들이기 시작할 때였다. 열세 살이었던 메나는 봄처럼 싱그럽고, 앞으로 무한한 가능성을 지닌 소녀였다. 결혼 후 두 사람은 사랑에 빠졌다.

둘은 유럽을 여행했고, 카푸르 씨는 와인 감식가가 되어 돌아왔다. 아빠와 얼굴이 똑 닮은 키션이 태어났다. 카푸르 씨는 여전히 아내를 사랑했지만, 그가 오래된 와인의 향기를 시로 노래하는 만큼 아내에 대한 애정이 열정적이지는 않았다. 메나의 코와 이마는 우아했고(카푸르 씨는 '귀족적'이라고 표현했다. '아내의 몸에는 귀족의 피가 흐르고 있지'), 까마귀처럼 검고 긴 머리를 기르고 있었다. ('마치 미역처럼 윤기가 흐르지'라고 메나를 아내로서 자랑스럽게 여기는 카푸르 씨가 말했다) 메나는 키가 크고, 강인하고, 완벽한 몸매에 우아하고 매력적이며 재치가 있었다.

카푸르 씨는 수염도 깎지 않고 초록색 실내복에 파묻혀, 마치 사회로부터 버림받은 사람처럼 지냈다. 이 자수성가한 남자는 자신의 출신이 비천하고 가난했다고 말하는 걸 좋아했고, 이렇게 개천에서 용이 난 이야기는 효과적인 홍보 수단이 되었다. 그 후 가세가 기울어 많은 걸 잃은 그는 자신이 과거에 이룬 업적과 자신이 일군 가문의 명성을 떠올리며 위안으로 삼으려 했다. 실패는 적어도 그가 이룬 성취를 세상에 알리는 기회가 되기는 했다. 하지만 카푸르 씨의 인생은 돌고 돌아 다시 원점에 이르렀다. 이제는 '맨주먹 하나로 성공한 사연'을 자랑할 수 없게 됐다, 원래 가난했던 처지로 빠르게 돌아가고 있었기 때문이다. 그에게는 줄어드는 은행 잔고와 아내와 아들밖에 없었다. 그리고 그 아내가 그가 지닌 최고의 자산이었다.

하지만 러스티가 그 방에서 보낸 두 번째 밤에는 아무도 그 가족이 처한 고난을 짐작하지 못했다. 러스티는 거실에서 카푸르 씨 가족과 같이 앉아 있었다. 카푸르 씨는 껌의 장점들을 극찬하고 있었는데, 덕분에 키션은 즐거워했고 메나는 얼굴을 찡그렸다.

"껌은 말이지." 카푸르 씨는 허공에 대고 손가락 하나를 흔들며 선언했다. "젊음의 비결이야. 자네 미국인들을 관찰한 적 있나? 그들이 얼마나 젊어 보이는지 말이야. 반대로 영국인들은 얼마나 초췌해 보이난 말이야. 그건 책임감 뭐 그런 것과는 아무 상관이 없어. 다 껌 때문이야. 껌을 씹으면 턱과 얼굴 근육이 단련되어서 피부결도 좋아지고 피부 조직이 튼튼해진 단 말이지.”

“아빠 역시 똑똑해요.” 키션이 말했다.

“난 천재지. 엄청난 천재야.” 카푸르 씨가 말했다.

“바보지!” 메나가 속삭이는 말을 러스티만 들을 수 있었다.

러스티가 말했다. “좋은 생각이 있어요. 우리끼리 클럽 하나 만들까요?”

“좋은 생각이에요! 클럽 이름은 뭐라고 할까요?” 키션이 외 쳤다.

“이름을 짓기 전에 뭘 하는 클럽인지부터 결정해야지. 규칙 도 있어야 하고, 회장도 정해야 하고, 비서도….”

“알았어요, 알았어.” 키션이 끼어들었다. 그는 바닥에 대자 로 누워 있었다. “형이 원한다면 다 만들어요. 하지만 클럽에 서 가장 중요한 건 이름이에요. 근사한 이름이 없다면 그게 다 무슨 소용이 있겠어요?”

“바보들의 클럽 어때.” 메나가 제안했다.

“말도 안 돼. 말도 안 된다고….” 카푸르 씨가 말했다.

"다들 조용히 해요. 생각 좀 해보게." 키션이 코를 후비면서 명령했다.

다들 입을 다물고 생각하려고 애를 썼다. 이 생각이란 것이 기실 아주 복잡한 과정이었고, 아무도 클럽에 대해 생각하고 있지 않다는 사실이 곧 드러났다. 러스티는 생각에 잠겨 있는 메나를 바라보고 있었고, 메나는 키션이 제대로 된 이름이나 만들 줄 아는지 궁금해했고, 키션은 사실 껌의 장점에 대해 생각하고 있었고, 카푸르 씨는 파티션 뒤에 있는 위스키병들의 냄새를 맡으면서 술 생각을 하고 있었으니까.

마침내 카푸르 씨가 말했다. "내 아내는 악마야. 진정으로 아름다운 악마지!"

이건 아주 흥미로운 대화 주제처럼 느껴져서 러스티도 동참해서 막 메나의 미모를 칭송하려는 말을 하려는 순간, 키션이 환한 표정으로 외쳤다. "알겠어요! 악마 클럽? 어때요?"

"아하! 악마 클럽, 근사한 이름이 나왔군! 역시 난 천재야." 카푸르 씨가 외쳤다.

그들은 클럽에서 어떤 활동을 할지 의논을 시작했다. 키션이 카롬 게임을 제안하자, 메나가 지지했고 러스티는 좀 실망

한 눈치였다. 카푸르 씨는 문학과 정치 토론을 제안했고, 러스티는 카푸르 씨가 제대로 토론이나 할 수 있을지 그저 심술을 부리려고 그 제안에 찬성했다. 그다음에 클럽의 임원들을 뽑았다. 메나는 우리의 귀부인이자 후원자라는 타이틀을 받았고, 카푸르 씨는 회장으로, 러스티는 비서, 키션은 총무가 됐다. 소미와 란비르와 수리는 이 자리에 없지만, 명예 회원으로 받아들여졌다.

"카롬 게임과 토론만으로는 충분하지 않아요. 반드시 모험이 들어가야 해요." 키션이 투덜거렸다.

"어떤 종류의 모험? 등산이나 운동, 뭐 그런 거?" 러스티가 물었다.

"피크닉 어때?" 메나가 제안했다.

"피크닉! 소미와 다른 아이들도 같이 갈 수 있고." 키션이 찬성했다.

"그걸 기념하며 마시자. 어서 축배를 들자고." 카푸르 씨가 그렇게 말하면서 의자에서 일어났다.

"좋은 생각이 있어요. 챠트 가게에 다 같이 가요!" 키션이 아버지의 계획을 무산시키는 말을 했다. 메나로서는 챠트 가게가 술보다는 더 나았기 때문에 카푸르 씨는 어쩔 수 없이 낡은 차에 실려 시장으로 갔다.

"챠트 가게로! 아예 그걸 우리 집으로 가져오자!" 그는 운전대 위로 쓰러지면서 말했다.

챠트 가게는 너무 붐벼서 서로의 입 냄새까지 맡을 수 있을 정도였다. 가세 주인은 러스티가 새로운 손님들을 많이 데려와서 굉장히 기뻐했다. 그는 카푸르 가족에게 활짝 미소를 지으면서 두 손을 싹싹 비벼가며 프라이팬에 기름을 열정적으로 둘렀다.

"여기 있는 거 다 줘! 우리가 다 살 테니까." 카푸르 씨가 주문했다.

가게 주인은 반죽을 툭툭 쳐서 둥글게 모양을 잡았다가 기름이 지글지글 끓는 프라이팬 안에서 이리저리 뒤집었다. 그리고 불 위에서 골 구파스를 만들어 그 속을 악마의 주스로 가득 채웠다.

메나는 의자에 몸을 웅크리고 앉아 러스티를 마주 보고 있었다. 러스티도 그녀를 빤히 바라보고 있었다. 작은 의자에 익숙하지 않은 자세로 앉아 있는 그녀가 유난히 아름다워 보였다. 그녀의 눈과 마주치자 당황해서 얼굴이 달아오른 러스티는 시선을 위로, 벽을 따라 천정으로 옮겨가면서 더 이상 갈 곳이 없을 때까지 올려다봤다.

"지금 뭘 보고 있는 거예요?" 키션이 물었다.

러스티는 시선을 땅으로 떨어뜨리면서 못 들은 척했다. 그리고 카푸르 씨에게 고개를 돌려 물었다. "요즘 정치는 어때요?"

가게 주인이 그들에게 커다란 바나나잎으로 싼 골 구파스 네 개를 내밀었다. 하지만 카푸르 씨는 먹지 않고 이렇게 소리를 질렀다. "챠트 가게를 통째로 우리 집으로 가져가자. 이걸 차에 실어. 반드시 이걸 가져야겠어! 꼭 가져야겠다고, 반드시!"

다양한 취객의 행패에 익숙해진 가게 주인이 카푸르 씨의 주정을 잘 받아줬다.

"이건 다 사장님 겁니다, 하지만 저도 같이 데려가셔야 할걸요. 아니면 누가 이 가게를 운영할 겁니까?"

"우리가 할 거예요." 아버지의 열정에 전염된 키션이 외쳤다. "이걸 사버려요, 아빠. 엄마가 티케를 만들면 내가 팔게요. 러스티 형은 회계를 보고."

카푸르 씨는 들고 있던 바나나잎을 바닥에 던져버리고 키션을 얼싸안았다. "그래, 우리가 운영하자! 이걸 집으로 가져가자!" 그러고는 챠트 그릇에 달려들었다가 무릎을 푹 꺾으며 주저앉았다.

러스티가 카푸르 씨를 일으켜 세운 후에, 이제 어떻게 할지 물어보려고 메나를 바라봤다. 그녀는 아무 말도 하지 않았지만, 고개를 한 번 끄덕여 보였다. 러스티는 그게 무슨 의미인지 이해했다.

그가 말했다. "카푸르 씨, 그거 아주 근사한 아이디어네요. 제가 다 책임지고 할게요. 카푸르 씨와 부인은 집에 가서 장사에 쓸 물품들을 넣을 수 있게 방 하나를 준비해 주세요. 키션과 제가 가게 주인아저씨와 함께 다른 준비를 다 해놓을게요."

카푸르 씨는 러스티에게 매달려 있었는데, 침이 뚝뚝 흘러내리고 있었다. "착한 애네, 착한 애야. 우리가 같이 돈을 아주 많이 벌 거야. 너와 내가…." 그는 아내에게 돌아서서 아주 거창하게 손을 흔들어 보였다. "우린 다시 부자가 될 거야, 메나. 당신 생각은 어때?"

메나는 평소처럼 아무 대꾸도 하지 않고 카푸르 씨의 팔을 잡아 가게에서 끌고 나가 차에 밀어 넣었다.

"그 챠트 가게 당장 정리해!" 카푸르 씨가 호기롭게 외쳤다.

"5분 안으로 집에 대령할게요! 준비도 다 해놓고!" 러스티가 대답했다.

그는 키션에게 돌아섰다. 키션은 입이 미어터지도록 챠트를 우걱우걱 먹고 있었다. 아버지의 행동에 아무런 생각이 없는 눈치였다. 그는 아버지의 우스꽝스러운 주정을 의식하지 못하고 있었고 수치심도 느끼지 못했다. 마찬가지로 부모에게 방치된 아이인 키션을 가여워하는 챠트 가게 주인의 사려 깊은 마음 씀씀이도 알아채지 못했다. 가게 주인은 키션이 스스로 부모에게 방치되는 상황 자체를 즐기고 있다는 사실은 몰랐다.

러스티가 말했다. "자, 우리도 어서 가자…."

"뭘 그렇게 서둘러요? 앉아서 같이 먹어요. 오늘 밤은 돈도 넉넉한데. 적어도 아빠가 위스키에 취해 곯아떨어질 시간은 줘야죠."

그래서 그들은 앉아서 배가 터지도록 먹고, 다른 손님들이 떠드는 이야기를 엿들었다. 그러고 나서 키션이 시장을 탐험하자고 제안했다. 석유램프에 불을 밝혀 환한 대로는 사람들로 북적였다. 키션과 러스티는 대로를 피해 골목길로 갔다. 그곳은 정체를 알 수 없는 온갖 냄새가 뒤섞여 있었고 때때로 시끄러운 소리가 들렸다. 길 하나를 사이에 두고 양쪽에 있는 자기 집 창가에서 여자 둘이 마주 보며 이야기하고 있었고, 애이 하나가 난소로운 소리로 빽빽 울어댔고, 값싼 축음기에서 나오는 소리가 요란하게 울려 퍼졌다. 키션과 러스티는 미로처럼 얽힌 골목길들을 마냥 걸어 다녔다.

"형은 왜 수리처럼 피부가 하얗죠? 수리는 왜 또 하얗고?" 키션이 물었다.

"수리는 카슈미르인_{카슈미르는 북부에 위치한 고산 지대로 기후가 서늘하다. 이 때문에 카슈미르인들은 인도 내 다른 지역과 비교하면 피부가 평균적으로 훨씬 밝은 편이다-옮긴이}이니까. 그들은 피부가 하얗지. 음, 나는 영국인이고…."

"영국인? 형이? 하지만 영국 사람처럼 안 보이는데." 키션이 믿을 수 없다는 투로 물었다.

러스티는 대답을 망설였다. 그는 키션뿐만 아니라 자신에게도 미스터리로 남아 있는 과거를 굳이 들춰낼 필요성을 느끼지 못했다.

"나도 몰라. 우리 부모님은 한 번도 본 적이 없으니까. 그리고 부모님이 어디 사람이었는지, 나는 누군지도 상관없어. 별 관심도 없고….”

말은 그렇게 했지만 사실 그는 궁금했고, 키션도 마찬가지였다. 그래서 그들은 말없이 걸으면서 각자 머릿속으로 궁금해했다. 그러다 기차역에 이르렀다. 거기가 시장이 끝나는 곳이었고, 문은 닫혀 있었다. 하지만 그들은 철책 너머로 화물 열차를 들여다보았다. 기차역 근처에서 매춘 업소가 영업 중이었다.

"보고 싶으면, 저기 지붕 위로 올라가죠. 천창으로 다 볼 수 있어요.” 키션이 말했다.

"그냥 보기만 하면 재미없지.” 러스티가 대답했다.

"저런 거 본 적 있어요?"

"물론이지.” 러스티는 집이 있는 방향으로 돌아서며 거짓말을 했다. 그는 어딘가에 정신이 팔린 것처럼 멍하니 걸음을 옮겼다.

"지금 무슨 생각 해요?” 키션이 물었다.

“아무 생각 안 해.”

“형… 지금 누구 생각하고 있죠?”

“…맞아.”

“사랑에 빠진 거예요? 누군데요, 응?”

“내가 말하면, 넌 질투할걸.” 러스티가 대답했다.

“질투요? 하지만 난 누구와도 사랑에 빠지지 않았는걸. 그러지 말고 어서 말해봐요. 난 형 친구잖아.”

“내가 너희 엄마를 사랑한다고 하면 화낼래?”

“엄마라니! 우리 엄마는 늙었는데! 게다가 결혼도 했고. 와우, 엄마랑 사랑에 빠질 생각을 하는 사람이 어디 있어요? 농담하지 말아요.” 키션이 외쳤다.

“미안해.” 러스티가 말했다.

둘은 말없이 걸어서 시장을 빠져나와 광장을 가로질러 갔다. 광장은 어두워서 서로의 얼굴조차 잘 보이지 않았다. 키션이 러스티의 어깨에 한 손을 올렸다.

“형이 우리 엄마를 사랑한다면, 내가 질투할 일은 없어요. 하지만 좀 이상하게 들리긴 해요….”

러스티는 자신의 방에서만큼은 왕이었다. 그의 영토는 하늘이었고 모든 것을 볼 수 있었다. 지붕 아래 내려다보이는 사람들은 모두 그의 신하였다. 러스티는 벵골보리수 가지 사이로 그들을 훔쳐봤다. 그와 가장 가까운 친구들은 나무에 사는 이들이었고, 물론 그 안에는 키션도 있었다.

그날은 피크닉을 가는 날이었다. 러스티는 막 물탱크에서 목욕을 마치고 온 참이었다. 이제는 물을 같이 쓰는 사람들에게 익숙해졌고, 유모들과 그들이 돌보는 아이들과도 친해졌다. 유모들이 몸에 차고 있는 팔찌와 발찌, 발목에 찬 작은 방울들도 마음에 들어 했다. 그는 유모 중 하나가 쭈그려 앉아 발을 박박 문질러 씻으며, 몸에 찬 방울과 팔찌에서 흘러나오는 아름다운 소리를 들으며 지켜보는 것을 좋아했다. 그녀는 다리를 좀 더 자유롭게 움직일 수 있도록 입고 있는 사리를 무릎까지 걷어 올리고 몸을 앞으로 숙일 때면 윗도리 아래로 낸 허리가 살짝 드러나곤 했다.

목욕을 마친 러스티는 지금은 안 쓰는 굴뚝 위에 앉아 햇볕에 몸을 말렸다. 여름이 다가오고 있었다. 리치|동남아시아 지방이 원산지인 열대 과일. 갓 열린 것은 딸기랑 비슷하게 생겼다-옮긴이|는 거의 먹을 수 있는 상태가 되었고, 망고는 키션의 탐욕스러운 시선 아래 익어가고 있었다. 오후가 되면 나른한 햇살이 벵골보리수 가지 사이로 스며들어 집 벽에 아치 모양의 그림자들을 얼기설기 드리웠다. 나무에 사는 생명들은 여름이 다가오고 있음을 아는 듯했다. 소미의 슬리퍼도 그것을 아는지, 그의 발뒤꿈치를 느릿느릿 때리며 소리를 냈다. 키션은 툴툴거리면서 점점 더 지저분해졌고, 수리마저도 남을 염탐하는 일에 조금 심드렁해진 듯했다. 그랬다, 여름이 오고 있었다.

그날이 바로 피크닉 가는 날이었다.

차는 점검을 해놨고, 카푸르 씨가 트렁크에 숨긴 술 두 병은 발각돼서 치워졌다. 카푸르 씨는 카키색 작업용 바지와 부시셔츠|야외나 열대 지역에서 입는 셔츠. 탐험가나 사냥꾼 복장이 이와 비슷하다-옮긴이|를 입고 자기는 운전할 수 있을 정도로 정신이 멀쩡하다고 큰소리쳤다. 음식과 축음기가 든 바구니도 트렁크에 들어 있었다. 수리는 어깨에 카메라를 걸치고 있었고, 키션은 구르카 모자|네팔의 구르카 병사들이 쓰던 모자-옮긴이|를 뽐내듯 쓰고 있었다. 러스티는 쇠 장식이 덧대어진 두꺼운 가죽 벨트를 차고 있었다. 메나는 서둘러 옷을 차려입었는데 유난히 더 아름다워 보였다. 그리고 소미는 오랜만에 터번을 완벽하게 감고 나왔다.

"다 왔니? 그럼 차에 타라." 메나가 말했다.

"아직요! 개가 와야 해요!" 수리가 말했다. 그 말이 떨어지자마자 저쪽 모퉁이에서 믹스견 한 마리가 멍멍 짖으며 달려왔다.

"애 이름은 땀띠라고 해요. 뒷좌석에 앉힐게요." 수리가 말했다.

"개는 트렁크에 둬. 털에 이가 득실거리잖아." 키션이 말했다. 땀띠는 특별한 품종이 아닌 보통 개였다. 하지만 뾰족한 귀를 꼬리처럼 잘 흔들었는데, 오늘 아침에도 그 귀가 미친 듯이 흔들리고 있었다.

수리와 개, 둘 다 트렁크에 타게 됐다. 소미와 키션과 러스티는 뒷좌석에서 편안하게 자리를 잡고 앉았고, 메나는 남편 옆 조수석에 앉았다. 차가 덜컹덜컹 앞으로 나아가면서 거대한 민지구름을 피워 올렸다. 그러다 이내 속력을 내더니, 주택가를 벗어나 운하를 가로지르는 좁은 나무다리를 빠르게 건너갔다.

태양이 숲 위로 떠 올랐고, 마치 숨을 내뿜는 것처럼 기차에서 피어오른 연기 소용돌이가 비스듬하게 내리쬐는 햇살에 비쳐 황금빛으로 반짝였다. 공기는 상쾌하고 활기가 넘쳤다. 강과 유황 온천까지, 약 16킬로미터 거리의 길은 가끔 들려오는 꾸르르르 소리와 흥겨운 소리로 가득 찼다. 땀띠는 트렁크에서 요란하게 짖었고 카푸르 씨는 휘파람을 불면서 운전하고 있었고 키션은 창밖으로 새총을 쏘아대고 있었다.

소미가 말했다. "러스티, 유황 온천에서 목욕하면 네 여드름도 다 사라질 거야."

"폐렴에 걸리느니 차라리 여드름이 있는 편이 낫겠어." 러스티가 쏟아붙였다.

"폐렴? 온천물은 따듯한걸? 당연히 온천물에 몸을 담그고 싶지만 오늘은 몸 상태가 좋지 않아." 키션이 말했다.

"그럼 피크닉에 따라오질 말았어야지." 앞 좌석에서 메나가 말했다.

"모두를 실망하게 하고 싶지 않았으니까요." 키션이 대답했다.

온천에 다다르기 전에, 차는 이맘때면 대개 바짝 마른 강바닥을 하나둘 정도 건너가야 했다. 하지만 이번에는 강물이 흐르고 있었고 물살도 거셌다.

"그렇게 깊진 않아. 차로 쉽게 지나갈 수 있겠다." 첫 번째 강바닥에 도착했을 때 카푸르 씨가 말했다.

차가 앞으로 기울어지면서 둑을 내려가더니, 커다란 물보라를 일으키며 강물 속으로 들어갔다. 트렁크에 걸터앉은 수리는 꼼짝없이 물벼락을 맞았다.

"이런, 빨리 건너가야지, 안 그러면 여기서 물속에 갇히겠어." 카푸르 씨가 말했다.

그가 속력을 내자 차 양옆으로 거대한 물보라가 솟구쳤다.

키션은 신나서 어쩔 줄 모르며 소리를 질렀지만, 흠뻑 젖은 수리는 히스테리 발작을 일으켰다.

"개가 물에 빠진 것 같아." 메나가 말했다.

"잘됐네요." 소미가 말했다.

"수리도 물에 빠진 것 같은데." 러스티가 말했다.

"그것도 잘됐네." 소미가 말했다.

갑자기 엔진이 푸푸 소리를 내며 버벅거리더니 차가 서버렸다.

"이거 완전 꼼짝 못 하게 됐는데." 카푸르 씨가 말했다.

"당신이 말 안 해도 알겠어요. 이제 모두 나가서 차를 밀어야겠죠?" 상황을 빠르게 파악한 메나가 말했다.

"그래, 그거 좋은 생각이요. 당신은 천재라니까."

키션은 순식간에 신발을 벗어 던지고 물속에서 신나게 뛰어다녔다. 물이 그의 무릎까지 올라왔고, 키션이 물살에 휩쓸리지 않는 모습을 보고 다른 사람들도 차에서 내렸다.

메나는 사리 자락을 허벅지까지 돌돌 말아 올린 후 조심스럽게 발을 내딛었다. 노출할 일이 거의 없는 그녀의 다리는 발과 팔의 피부에 비해 아주 희었지만 튼튼하고 날렵해 보였다. 그녀는 물속에서 똑바로 섰다. 러스티는 그녀를 도우려고 비틀거리며 그녀 옆으로 다가갔지만, 결국엔 넘어지지 않으려고 그녀의 옷자락을 잡고 매달리는 처지가 되고 말았다. 수리는 어디에서도 보이지 않았다.

"수리는 어디 있어?" 메나가 말했다.

"여기요." 트렁크 바닥에서 웅얼거리는 소리가 들렸다. "난 토해버려서 차를 밀 수 없어요."

"알았다. 하지만 토사물은 네 손으로 치워." 메나가 말했다.

그 사이 소미와 키션은 물고기를 찾고 있었다. 카푸르 씨가 경적을 울렸다.

"다들 차를 밀 거야? 아니면 강 한가운데서 피크닉을 할까?" 카푸르 씨가 말했다.

평소와 다르게 상식적인 카푸르 씨를 보고 러스티는 깜짝 놀랐다. '술을 마시지 않았을 때는 카푸르 씨도 가끔 멀쩡하구나.' 모두 차에 몸을 기댄 채 전력을 다해 밀었다. 차가 천천히 앞으로 움직이자, 러스티는 힘과 쾌감이 전신을 휩쓸고 지나가는 것을 느꼈다. 앞에서 메나가 말없이 차를 밀고 있었는데, 온 힘을 다하느라 그녀의 허벅지 근육이 미세하게 떨리고 있었다. 모두 결연한 의지로 묵묵히 차를 밀었다. 소미의 얼굴과 목으로 굵은 땀방울이 흘러내렸고, 필사적으로 껌을 씹고 있는 키션의 턱 근육이 사정없이 움직였다. 하지만 카푸르 씨는 운전대를 잡은 채 편안하게 차에 앉아서, 여기저기 있는 손잡이와 레버를 당기고 누르면서 계속 "더 세게, 더 세게"라고 외치고 있었다. 수리는 다시 토하기 시작했다. 땀띠는 이상하게도 조용한 걸 보니 아마 녀석도 토하고 있는 모양이었다.

마지막으로 한번 온 힘을 그러모아 밀자 차가 반대쪽 강둑으로 올라가 똑바로 섰다. 모두 신음을 내뱉으면서 땅바닥에 털썩 주저앉았다. 메나의 손이 덜덜 떨렸다.

"부인은 밀지 말지 그랬어요." 러스티가 말했다.

"즐거웠어. 나 일어나는 것 좀 도와줘." 메니가 그에게 미소를 지으며 말했다. 그는 메나의 손을 잡아 일으켜 세웠다. 잠깐이지만 둘은 손을 잡은 채 서 있었다. 카푸르 씨는 시동과 초크와 이런저런 것을 만지작거리고 있었다.

"이런, 시동이 안 걸리네. 엔진을 좀 봐야겠어. 여기서 피크닉을 하는 편이 낫겠는데." 그가 말했다.

차에서 음식과 레모네이드 병들을 꺼냈다. 기적적으로 수리와 땀띠도 차에서 나왔는데 아주 팔팔해 보였다.

"야, 너 아파서 토한 줄 알았는데. 밥 먹으려고 속을 비워둔 거구나." 키션이 말했다.

"쟤 입에 뭐 들어가기 전에 먼저 물에 좀 적셔놔야지. 자, 헤엄치러 가자." 소미가 외쳤다.

소미와 키션과 러스티가 수리에게 달려들었다. 그들은 수리의 옷을 벗기고, 자기들도 옷을 벗은 후에 모래 비탈을 달려 내려가 물속으로 뛰어들었다. 강물은 부드럽고 따듯했다. 종아리가 물에 잠겼고, 그러다 갑자기 발밑의 땅이 사라지는가 싶더니 허리께까지 쑥 올라왔다.

소미는 수영을 잘했다. 그의 유연한 팔다리가 물을 쓱쓱 갈랐고, 힘이 넘쳤다. 얼룩덜룩한 그의 몸이 물속에서 여기저기 나타났다 사라지면서 몸을 이리저리 비틀었다가 돌렸다. 그러다가 또 잠수해서 몇 분 동안 보이지 않다가 누군가의 발밑에서 불쑥 솟아오르곤 했다.

러스티와 키션은 수영이 서툴렀다. 둘이 물속에서 헤엄치려고 할 때마다 엉덩이가 물 위로 둥둥 떠올라서 마치 한 쌍의 부표처럼 보였다. 수리는 수영을 전혀 못 했지만, 종종 깊은 곳에 뛰어들어 물속에 잠겼다가 가까스로 나와서 익사를 면했다.

메나가 밥 먹으러 오라고 부르는 소리를 듣고 그들은 앞다퉈 강둑으로 올라갔고, 개는 그들의 발치에서 멍멍 짖어댔다. 그들은 포인세티아 나무 그늘에서 음식을 먹었다. 붉은 손가락 보양의 꽃들이 흐르는 물에 떨어지는 모습이 무척이나 아름다웠다. 식사를 마치고는 누워서 낮잠을 자거나 꾸벅꾸벅 졸면서 오후 시간을 한가로이 흘려보냈다.

러스티가 잠에서 깼을 때는 해가 넘어갈 즈음이었다. 카푸르 씨는 뭐라고 중얼거리면서 서툰 손길로 차를 수리하고 있었다. 그는 전날 밤부터 술을 한 잔도 못 마셔서 조금 화가 나 있었다. 소미와 키션은 다시 강으로 돌아가 물장난을 치고 있었는데, 이번에는 땀띠도 데리고 갔다. 수리는 어디 있는지 보이지 않았다. 메나는 숲 가장자리 빈터에 서 있었다.

러스티는 메나가 있는 쪽을 향해 천천히 걸어갔는데, 그녀는 덤불 속으로 들어갔다. 그도 따라갔다. 메나는 러스티를 보고도 놀라지 않았다.

"러스티, 정글에서 나는 소리를 들어봐." 메나가 말했다.

“아무 소리도 들리지 않는데요?”

“그게 바로 내가 하려던 말이야. 그 침묵의 소리에 귀 기울여 봐.”

두 사람은 어둑한 침묵에 둘러싸여 있었다. 매그놀리아와 재스민 향기가 풍기는 그윽한 침묵. 그런데 침묵은 갑작스런 날카로운 소리에 산산이 깨어졌다. 사방으로 울려 퍼진 비명이 가늘게 떨리는 공기를 타고 메아리쳤다. 놀란 러스티는 본능적으로 메나를 끌어안았다. 그녀를 보호하기 위해선지 아니면 자신을 보호하기 위해서였는지 알 수 없었지만, 꼭 껴안았다.

“그냥 새 소리야. 뭐가 두려운 거니?” 메나의 목소리는 차분하고 낮았다. 러스티는 그녀를 놔주지 않았다. 메나는 가만히 있었다. 그녀는 러스티의 얼굴에 대고 웃음을 터뜨렸는데 마치 그녀의 눈동자가 춤을 추는 듯했다. 러스티의 마음속엔 설명할 수 없는 무언가가 천천히 피어났다. 러스티와 메나는 그늘 속에 잠시 서 있었다. 갑자기 그들의 머리 위 나뭇가지에서 원숭이 한 마리가 새된 소리로 떠드는 바람에 두 사람 사이에 흐르던 침묵이 깨졌다.

"저기, 메나…"

"쉿… 말하지 마. 말을 하는 순간, 이 순간을 망치게 돼."

원숭이가 어찌나 시끄럽게 구는지 이러다 카푸르 씨와 다른 사람들이 올까 봐 겁이 났다. 두 사람은 천천히 나무 사이를 걸어갔다. 러스티는 맨발이었지만, 가시덤불이 발을 콕콕 찌르는 것은 알아차리지 못하는 듯했다. 울창한 나뭇잎과 쐐기풀, 그리고 무성하게 자란 풀잎을 헤치며 걸어가다가 마침내 빈터와 시냇물이 흐르는 곳에 다다랐다.

러스티는 이 마을과 여기 사람들에게서 도망쳐서 숲속에서 메나와 같이 살고 싶다는 생각이 들었다. 그의 생각을 알아차린 것처럼 메나가 말했다. "이 숲에 사는 동물들이 여기서 먹고 자고, 물을 마시지."

그녀는 웃었지만, 러스티는 마음속에 꿈 하나를 품었다. 시냇물 바닥에 흩어져 있는 동그랗고 매끈매끈한 조약돌들은 흐르는 물살을 거스르지 않고 그대로 받아들이고 있었다. 오직 잡초와 바위만이 물을 거스를 수 있다.

"이렇게 한가로운 숲속에서 사랑하는 사람과 영원히 살 수 있다면 좋겠지." 메나가 말했다.

"하지만 사람은 다른 사람들로부터 도망칠 수 없어요!"

"그래, 이 세상은 너무 좁아. 어쩌면 온 세상과 정글을 다 합친 것보다 너의 그 작은 방에 더 많은 자유가 있을지도 몰라."

그때 러스티는 시냇물을 가리키며 속삭였다. "봐요!"

물 그림자에 비친 사슴 한 마리가 그녀를 바라보고 있었다. 사슴과 메나, 둘은 깜짝 놀란 동시에 매혹된 시선으로 서로를 바라봤다. 얼룩무늬가 있는 어린 치탈 사슴|아시아에서 흔히 볼 수 있는 얼룩 사슴의 한 종류-옮긴이|이었다.

러스티와 메나는 움직이지 않았고, 사슴도 미동조차 하지 않았다. 모든 것이 멈췄다. 어딘가에서 나뭇가지 하나가 뚝 부러지는 소리가 나지 않았다면, 밤새라도 서로를 빤히 바라보고 있었을지도 모른다. 놀란 사슴이 고개를 번쩍 들어 올리고, 한 발을 조심스럽게 들어 올리면서 킁킁거리며 공기의 냄새를 맡았다. 그러다 시냇물을 펄쩍 뛰어넘어 단번에 숲속으로 사라졌다. 마법이 풀려버렸고, 마력도 사라져 버렸다. 시냇물만 졸졸 흘렀고 삶은 계속 흘러갔다.

"돌아가자." 메나가 말했다.

두 사람은 아롱진 햇살을 받으며, 이제 막 사랑을 알아가는

아이들처럼 손을 잡고 흔들며 걸어갔다. 강둑에 이르자, 그들
은 말없이 손을 놓았다.

카푸르 씨는 기적적으로 차의 시동을 거는 데 성공하고는
두 손을 흔들면서 사람들에게 이제 집에 가자고 외치고 있었
다. 수리와 땀띠만 빼고 모두 돌아갈 준비가 돼 있었다. 둘은
어디 있는지 도통 보이지 않았다. 러스티가 큰 소리로 수리를
불렀고, 메나도 불렀고, 소미도 불렀고, 이제 모두 한 목소리
로 수리를 불렀다. 하지만 수리는 대답하지 않았다.

"녀석이 또 뭔가 수작을 부리고 있는 거야. 애초에 데리고
오질 말았어야 했는데. 그냥 출발하는 척하면 겁이 나서 뛰쳐
나올 거예요." 키션이 말했다.

카푸르 씨가 시동을 걸고 모두 차에 탔을 때 비로소 수리가
숲에서 달려 나왔고, 그 뒤를 땀띠가 따라왔다. 그의 셔츠 자
락은 산들바람에 펄럭이고, 머리카락은 눈과 안경 사이에 끼
어 있었다.

"기다려요! 나만 남겨두고, 나를 여기서 죽게 할 셈이에요?"
수리가 소리쳤다.

키션은 그렇다는 뜻으로 웅얼거리면서 작은 소리로 욕을
퍼부었다.

"우린 네가 이미 트렁크에 올라 탄 줄 알았지." 러스티가 말
했다.

수리와 땀띠가 트렁크에 기어 올라탄 순간 차가 물을 세차
게 튀기며 강을 건너서 당당하게 땅으로 올라왔다. 모두 환호
성을 질렀다. 감탄한 소미가 카푸르 씨가 앉은 좌석의 뒤쪽을
어찌나 열정적으로 두드렸던지 흡족해진 카푸르 씨의 머리가
핸들에 끼일 뻔했다.

날이 어두워져서 시골길에 보이는 거라곤 헤드라이트에 비
친 부분뿐이었다. 이곳은 표범이나 호랑이의 영역이었으므로
혹시라도 볼 수 있지 않을까, 하는 희망을 러스티는 품었지만
염소 몇 마리가 길을 막고 있을 뿐이었다. 염소가 지나가길
기다리는 사이에 소미가 자동차를 타고 야유회를 다녀온 사
람들이 집에 돌아왔을 때 트렁크에서 표범을 발견한 이야기
를 흥미진진하게 들려주었다.

차가 데라 외곽에 다다를 즈음, 키션이 곱슬곱슬한 머리를
러스티의 어깨에 대고 잠이 들었다. 두 사람 사이에는 진심

어린 애정이 싹트고 있었다. 러스티는 문득 이 소년을 보호해 주고픈 마음이 들었다. 소미는 러스티의 절친이고, 마찬가지로 란비르도 좋은 친구이며, 그들의 우정은 감정적으로도 특별하고 두터웠다. 하지만 키션은 조금 다르게 다가왔다. 그는 러스티에게 친구라기보다는 동생에 가까웠다. 키션은 러스티를 좋아하지만, 자신이 느끼는 그 마음이 정확히 무엇인지 알지 못했고, 굳이 생각해 본 적도, 말로 표현한 적도 없었다. 그런 애정이야말로 형과 동생 사이에 존재하는 감정이다.

소미가 나지막하게 노래를 부르기 시작했다. 마을이 서서히 시야에 들어왔다. 반짝이기 시작한 별들에 지지 않겠다는 듯, 시장에서 흘러나오는 불빛들이 환하게 빛나고 있었다.

13장

다시 만난
후견인

러스티와 해리슨 씨는 마을의 중심부에 있는 식료품점인 '와인 및 잡화상점' 앞에서 만났다. 그곳은 세련된 쇼핑센터 일부로, 시장과는 이질적인 곳이지만, 유럽인 거주지에서도 멀리 떨어져 있었다. 그래서 둘이 마주칠 수 있는 중립지대가 됐다.

"안녕하세요, 해리슨 씨"라고 러스티가 자신만만하게 말하면서 일부러 그전까지 붙였던 호칭인 '아저씨'를 생략했다. 해리슨 씨는 러스티를 무시하려고 애를 썼지만, 러스티가 차 앞을 막고 서 있었다. 체면이 구겨지는 걸 원치 않았던 그는 상냉하게 굴기로 마음먹었다.

"이것 참 놀라운 일이군. 널 다시 보게 될 줄 몰랐는데." 그가 말했다.

"저 취직했어요." 러스티는 자신의 독립성을 보여줄 기회를 놓치지 않고 이렇게 말했다. "한 번 뵈러 오려고 했는데, 그동안 시간이 없었네요."

"너야 언제든 환영이지. 선교사 부인이 네 이야기를 자주 하는데, 널 보면 기뻐할 거다. 그건 그렇고, 무슨 일을 하는 거냐?"

러스티는 순간 머뭇거렸다. 그의 후견인이 어떻게 받아들일지 알 수 없었다—아마 웃음을 터트리거나 비웃겠지('네가' 사람을 가르친다고!)—그래서 모호하게 대답하기로 결심했다.

"아이를 봐주는 일이에요. 어쨌든 밥을 굶고 다니진 않아요. 친구도 많이 사귀었고." 그는 상대를 안심시키는 미소를 지어 보이며 말했다.

해리슨 씨의 안색이 어두워졌고, 입가가 씰룩거렸다. 하지만 이제 상황이 바뀌었고, 러스티는 전보다 좀 더 나이가 들었고 자유의 몸이 되어 그의 집에 살고 있지 않다는 사실을 떠올렸다. 그래서 치솟는 분노를 애써 억눌렀다.

"내가 일자리를 구해줄 수도 있는데…. 차 농장에도 일이 있고, 해외에 가고 싶다면 기아나에 내 친구들도 여럿 있고 말이야."

"전 아이 보는 일이 좋아요." 러스티가 말했다.

해리슨 씨는 억지 미소를 지으면서 차에 타고는, 시동을 걸기 전에 담배에 불을 붙였다. "뭐, 아까도 말했지만 언제든 내 집에 오는 건 환영한다." 그가 말했다.

"고마워요. 청소부 소년에게 안부 전해주세요." 러스티가 말했다.

분위기가 조금씩 험악해지고 있었다.

"네가 한 번 직접 와서 그 아이를 보지 그러니?" 해리슨 씨는 최대한 부드러우면서도 악의 어린 목소리로 말했다. 이미 차에 시동이 걸려 있는 게 다행이었다.

"그럴게요." 러스티가 말했다.

"그 아이는 이미 내 집에서 쫓아버렸다만." 해리슨 씨는 이 말을 내뱉고는 러스티가 뭐라 말할 사이도 없이 가속 페달을 힘껏 밟아 러스티를 자욱한 먼지 속에 남겨두고 가버렸다. 하지만 곧 해리슨 씨의 차가 길가에 서 있던 소달구지와 충돌할 뻔해서 경찰이 차를 멈춰 세웠다. 그 모습을 지켜보던 러스티 는 끓어오르던 분노가 약간의 쾌감으로 바뀌었다. 한결 나아 진 기분으로 러스티는 지붕 위의 방으로 걸어갔다.

리치 나무들은 분홍빛 열매들로 뒤덮여 있었고, 망고는 거 의 다 익었다. 망고는 정열적인 과일로, 황금빛 과육은 입술과 혀에 부드럽게 감겼다. 풀은 계속 노랗게 있을지 아니면 초록 색으로 물들어갈지 마음을 정하지 못한 듯했고, 아마 우기가 시작될 때까지는 그 탁한 색을 그대로 유지할 것 같다.

메나가 바나나 나무 밑에서 러스티와 마주쳤다.

"러스티, 머리가 꽤 자란 것 같아. 내가 잘라주고 싶은데 그 래도 괜찮을까?" 그녀가 말했다.

"부인만 괜찮으시다면요, 하지만 박박 밀진 말아줘요."

"날 못 믿는 거니?"

"…부인을 좋아해요."

메나가 러스티의 몸에 천을 둘러주고 의자에 앉혔다. 그는 메나를 올려다봤고, 깔깔 웃는 둘의 갈색 눈과 파란 눈이 마 주쳤다. 메나는 소리 없이 그의 머리를 잘랐고, 머리카락이 부드럽고 가볍게 휙휙 땅바닥에 떨어졌다. 러스티는 찰칵거리는 가위 소리와 머리가 가벼워지는 느낌이 마음에 들었다. 마치 그의 마음에 자유롭게 탐험할 수 있는 더 넓은 공간이 생긴 느낌이었다.

키션은 여전히 무릎까지 걷어 올린 파자마를 입은 채 집 모퉁이에서 어슬렁거리며 나타났다. 그러다 두 사람을 보자 웃음을 터트렸다.

"뭐가 그렇게 웃겨?" 러스티가 말했다.

"형 머리 어디 갔어요? 그 아름다운 금발 머리 어디 갔냐고요? 우리 엄마가 형을 스님으로 만든 거예요? 아니면 머리에 버짐이 핀 거예요? 아니면 벼룩이 생겼나? 여기 땅바닥 좀 봐요, 그 아름다운 머리가 다 여기 떨어져 있잖아요!" 키션이 쉴 새 없이 재잘거렸다.

"웃긴 소리 하지 마, 키션. 안 그러면 너도 이렇게 해준다." 메나가 말했다.

"내 머리가 그렇게 끔찍해?" 러스티가 걱정스럽게 물었다.

"날 못 믿니?" 메나가 말했다.

"좋아해요."

메나는 키션이 방금 그 말을 들었는지 보려고 아이를 흘끗 봤지만, 키션은 여전히 러스티의 머리를 보면서 깔깔 웃으며 코를 후비고 있었다.

"러스티, 부탁이 하나 있어. 남편과 나는 몇 주 동안 델리에 가 있을 것 같아. 거기서 그이가 좋은 일자리를 잡을 기회가 생겼거든. 키션은 데려가 봤자 거추장스럽기만 하니까 여기 놔두고 갈 거야. 그러니 네가 아이를 돌봐주고 말썽 피우지 않게 해주겠어? 내가 돈을 좀 주고 갈게. 2주 동안 키션과 지내려면 얼마나 필요할까?" 메나가 말했다.

"언제 가는데요?" 벌써 깊은 절망에 빠진 러스티가 물었다.

"얼마나 필요한데?"

"아, 50루피요… 하지만 언제."

"100루피 줘요! 와, 러스티 형, 진짜 엄청 재미있을 것 같아요!" 키션이 끼어들었다.

"75루피." 메나는 마치 물건값을 깎는 것처럼 말했다.

"그리고 2주 후에 더 보내줄게. 하지만 그때쯤엔 우리도 돌아올 거야. 자, 러스티, 이발 끝났다."

하지만 러스티는 머리 따위 어떻게 됐는지 관심이 없었다.

그는 토라지고 싶은 기분이 들었다. 그는 메나의 계획에 대해 뭐가 말하고 싶었고, 자기도 조금은 영향력을 행사할 권리는 있다고 느꼈다.

그날 저녁 거실에서 러스티는 별말 하지 않았다. 아무도 입을 열지 않았다. 키션은 바닥에 누워 배를 쓰다듬으면서 발가락으로는 벽에 보이지 않는 무늬를 따라 그리듯 움직이고 있었다. 메나는 피곤해 보였다. 머리카락 몇 가닥이 얼굴에 흘러내렸지만, 굳이 쓸어 넘기려고 하지 않았다. 그녀는 키션의 발을 손에 쥐고 잡아당겼다.

"가서 자." 그녀가 말했다.

"안 피곤해요."

"가서 자, 안 그러면 한 대 맞을 줄 알아."

키션은 고집을 피웠지만, 바닥에서 일어나 느릿느릿 거실 밖으로 나갔다.

"아빠는 깨우지 말고." 그녀가 말했다.

카푸르 씨는 일찍 잠자리에 들었다. 델리에 가서 그가 활기 있고 멀쩡한 정신으로 면접을 보길 메나가 바랐던 것이다. 하지만 그는 간간이 깨어나서 아무 쓸모도 없는 뭔가를 달라고 외쳤다. 그래서 시간이 좀 흐른 후에는 아무도 그의 요구에 관심을 기울이지 않았다. 그는 짜증을 잘 내는 환자처럼 매번 달래주고 참아줘야 했다.

"기분이 안 좋아요, 메나? 그럼 나도 방으로 올라갈게요." 러스티가 물었다.

"난 그저 피곤할 뿐이야."

그녀는 창가로 가서 커튼을 닫고 불을 껐다. 테이블 위 램프만이 거실을 밝히고 있었다. 램프 갓은 용과 나비로 장식돼 있었다. 그 중국제 램프의 불빛을 러스티가 앉아서 멍하니 바라보는 동안 거기 새겨진 용들이 움직이기 시작했고 나비들이 날개를 펄럭이기 시작했다. 어둠 속에서 메나는 볼 수 없었지만, 방 건너편에 있는 그녀의 존재감은 느껴졌다.

그녀는 창가에서 돌아서서 소리 없이, 바스락거리는 소리 하나 없이 미끄러지듯 걸어왔다. 그녀는 소파에 등을 대고 머리는 쿠션에 기댄 채 앉아서 고개를 들어 천장을 바라봤다. 둘 다 아무 말도 하지 않았다.

옆방에서 키션이 잠자리에 들 준비를 하면서 한두 번 쿵쿵거리는 소리와 나지막이 투덜거리는 소리가 들렸다. 카푸르 씨가 조용히 코 고는 소리를 제외하면 사방이 조용했다.

러스티의 시선이 빙글빙글 도는 용들과 날아다니는 나비들을 떠나 메나에게로 갔다. 그녀는 지친 듯 가만히 앉아 있었고, 발은 테이블 다리에 힘없이 기대어 있었고, 슬리퍼는 바닥에 떨어져 있었다. 그녀의 발에 램프 불빛이 어른거렸다.

나방 한 마리가 램프 주위를 날아다니기 시작했다. 빙글빙글 돌면서 램프에 점점 가까워지더니, 갑자기 '픽' 소리를 내며 램프 갓에 부딪혀 방바닥에 떨어졌다. 하지만 러스티와 메나는 여전히 입을 열지 않았다. 그들의 숨소리만이 그들이 나누는 유일한 대화였다.

　낮에는 파리들이 윙윙거리면서 미친 듯이 방안을 맴돌았고, 밤에는 모기들이 쳐들어와서 귀에 대고 앵앵거렸다. 여름의 한낮은 덥고 끈적끈적했고, 여름밤은 바람 한 점 불지 않았다.

　러스티는 소미 엄마가 준 시트로넬라 오일을 온몸에 발랐다. 그에게는 상쾌한 향기였지만, 모기들에게는 역겨운 냄새였다. 팔다리에 오일을 문질러 바르면서 몸에 일어난 변화를 알아차렸다. 젖살이 좀 빠졌고, 전보다 근육이 많아졌다. 혈색은 더 건강하게 보이고, 여드름도 거의 다 없어졌다. 다들 그

에게 여드름에 대해 조언을 한마디씩 하곤 했다. 소미 엄마는 다히|인도의 전통적인 발효 유제품으로 요거트와 유사하다-옮긴이|를 마시고 기름기 있는 음식은 먹지 말라고 했다. 소미는 그에게 당근을 먹으라고 말했다. 과일을 많이 먹어요, 특히 망고! 오렌지는 안 돼요. 키션은 이렇게 말했다. 의사에게 가서 진찰받아, 메나의 조언이었다. 위스키를 마셔봐, 이건 카푸르 씨의 조언이었다. 하지만 이런 치료법을 하나도 쓰지 않았는데도 러스티의 여드름이 사라진 이유는 사랑에 빠졌기 때문이라고 러스티는 생각했다.

부겐빌레아 덩굴은 방으로 더 깊숙이 들어와 이제 꽃을 활짝 피웠다. 그리고 머리가 완전히 벗겨진 구관조가 러스티가 몸에 오일을 바르는 모습을 지켜보고 있었다.

수리는 허락도 없이 방에 들어와서 침대 시트로 안경을 닦으면서 말했다. "내가 에세이를 한 편 썼는데, 학교에서 그거로 채점할 거야, 러스티 씨. 괜찮다면 그거 교정 좀 해줘."

"이 오일부터 먼저 바르고… 그런데 그건 너도 알다시피 부정행위잖아."

"아니, 그렇지 않아. 언젠가는 교정해야 할 에세이니까, 네가 선생님의 수고를 덜어주는 거지. 어쨌든 난 이 망할 학교를 곧 떠날 거야. 무수리로 갈 거거든.”

“란비르가 간 바로 그곳? 란비르가 널 보면 기뻐하겠네.”

수리는 러스티에게 습자 책 한 권을 건넸다. 표지에 지나치게 과장된 누드화가 연필로 그려져 있었다.

“설마 이게 학교에 제출할 노트는 아니겠지!” 러스티가 외쳤다.

“아냐, 이건 초고일 뿐이야.”

“이 그림 네가 그렸어?”

“당연하지. 마음에 안 들어?”

“다른 그림을 따라 그린 거야? 아니면 상상한 거야? 아니면 누군가 널 위해 포즈를 취해준 거야?”

수리가 윙크했다. “누가 포즈를 취한 거지.”

“넌 거짓말쟁이야. 돼지고.”

“와, 사돈 남 말 하시네! 당신도 그렇게 고결한 사람은 아니거든요, 러스티 씨.”

“대체 그게 무슨 뜻이야?” 러스티는 수리와 문 사이에 선 채로 말했다.

"내 말인즉슨, 카푸르 부인은 어떠시냐는 거지."

"부인은 잘 지내고 있어."

"그리고 당신은 여전히 부인과 사이가 좋고, 안 그래? 피크닉에서 그랬던 것처럼?"

수리는 두 손을 쓱쓱 문지르면서 의미심장한 미소를 지어 보였다. 러스티는 순간 놀랐다.

"피크닉이라니 무슨 뜻이야?"

"카푸르 부인과 숲속에서 무슨 일이 있었던 거지?"

러스티는 벽에 기대서 수리의 미소에 똑같은 미소로 답하며 말했다. "그래, 우리가 뭘 했는지 말해주지, 친구. 친구 사이엔 숨길 게 없잖아. 카푸르 씨 부인에게 내 마음을 전했어. 그거 말고는 아무것도 하지 않았어. 다른 걸 생각할 겨를도 없었지. 그때 카푸르 씨는 불과 100미터쯤 떨어진 곳에 있었고, 너는 그 덤불 가까이에서 있었지. 이제 뭘 더 알고 싶니?"

수리의 미소가 굳어졌다. "내가 카푸르 씨에게 말한다면?"

"넌 그러지 않을걸." 러스티가 말했다.

"내가 왜?"

"카푸르 씨는 절대 네 말을 믿지 않을 테니까. 그리고 헛소리를 늘어놨다는 이유로 엉덩이를 걷어차이게 되겠지.”

수리의 미소가 사라졌다.

“기운 내. 에세이는 어떻게 내가 좀 손을 봐줘?” 러스티가
말했다.

＊ ＊ ＊

그날 오후 낡은 차 한 대가 바나나 나무 밑에 와서 섰고, 성
질 급한 운전기사가 연신 경적을 울려댔다. 차의 트렁크와 범
퍼 위에는 양철 트렁크들과 침구류들이 높게 쌓여 있었다. 마
치 카푸르 부부가 영원히 떠나버릴 것 같은 모습이었다. 메나
는 카푸르 씨를 대신할 전문 운전기사를 고용했다. 카푸르 씨
는 초록색 실내복을 입고 집의 계단 위에 앉아, 자동차 경적
과 비슷한 걸걸한 소리를 냈다. 그는 집 안에서 바쁘게 움직
이고 있는 메나를 손짓하며 외쳤다.

“저 악마 같은 마누라가 날 델리로 데려가네! 하! 저 차로는
절대 거기 도착 못 할 거야.”

“아, 도착할 거야. 그리고 당신이 면도하고 옷을 차려입든

말든 저 차는 당신을 태우고 거기에 갈 거야. 그러니까 당신은 이제 차에 타는 편이 낫겠지.” 메나는 창문 밖으로 머리를 쏙 내밀고 외쳤다.

러스티는 집에 들어갔다가 메나가 방마다 문을 잠그고 있는 모습을 봤다.

그녀는 조금 지치고 화가 나 보였다.

“생각보다 일찍 떠나시네요. 키션에게 돈을 줬어요?” 러스티가 물었다.

“아니, 돈은 반드시 네가 가지고 있어. 내가 5루피 지폐들로 챙겨 줄게. 잠깐만… 집은 다 잠그고 갈 거라서 그동안 키션은 네 방에서 재워줘….”

그녀는 서랍을 열어 봉투 하나를 꺼내 러스티에게 건넸다.

“받아, 돈이야.” 메나가 말했다. 러스티는 작은 여행 가방 하나를 집어 들고 메나를 따라 밖에 있는 차까지 갔다. 그는 메나가 앉을 때까지 기다렸다가 가방을 줬고, 그때 두 사람의 손이 닿았다. 메나는 그의 손을 잡고 쌩긋 웃어 보이며, 잡은 손에 힘을 줬다.

앞 좌석에 앉아 있던 카푸르 씨가 손짓해서 러스티를 불렀다. 그러더니 러스티의 손을 덥석 잡고 열쇠 하나를 그의 손바닥에 슬쩍 밀어 넣었다.

"내 친구. 이건 뒷문 열쇠야. 부엌에 가면 위스키 여섯 병이 있을 거야. 우리가 돌아올 때까지 안전하게 보관해줘." 그가 속삭였다.

러스티는 카푸르 씨와 악수했다. 그는 이 사람을 비웃었지만 동시에 그를 좋아하지 않을 수 없었다. 그 북새통에 키션에게 관심을 주는 사람은 거의 없었지만, 그는 내내 옆에 있었다. 마지막으로 그는 엄마가 하는 가벼운 키스와 아버지가 하는 묵직한 키스를 견뎌냈다.

차가 연기를 내뿜으며 달리다 간신히 바나나 나무를 피한 뒤, 자갈길을 덜컹거리며 내려가다가 도랑을 풀쩍 넘어서 먼 지구름 속으로 사라졌다. 키션과 러스티는 죽어라 손수건을 흔들었다. 키션은 부모님이 떠난 것이 하나도 슬프지 않았지만, 러스티는 울고 싶은 기분이었다. 그는 이제 자신에게 맡겨진 책임을 실감하기 시작했다. 그건 그가 원하지 않았던 것이었다. 동시에 왠지 모를 상실감도 느껴졌다. 하지만 울적한 기분은 오래 가지 않았다.

“야호! 형의 눈에도 이게 보여요?” 키션이 물었다.

“내 눈에는 아주 많은 게 보이는데, 그중에서 뭘 말하는 거니?”

“옷들이요! 엄마의 빨래들이 장미 덤불 위에 널려 있어요!” 메나가 항상 장미 덤불 위에 말리려고 널어놓았던 빨래를 미처 챙기지 못하고 떠난 것이다. 덤불 하나에 카푸르 씨의 속옷이 널려 있었고, 또 다른 나무는 색색의 보디스ㅣ코르셋 위에 입는 여성용 옷-옮긴이ㅣ와 블라우스들로 장식돼 있었다.

러스티가 말했다. “아마 네 엄마는 돌아올 때쯤 이 옷들이 다 말랐기를 바라고 갔을 거야.”

그는 키션과 같이 웃기 시작했다. 그러니까 메나의 건망증이 그에겐 약이 된 셈이었다. 그것이 이별의 고통을 덜어줬다.

“우리가 이걸 못 봤으면 어쩔뻔했어요?” 키션이 킬킬 웃으며 말했다.

“다 도둑맞았겠지.”

“그럼 우리에게 상을 줘야죠. 자, 챠트 가게에 갑시다.”

키션에게 미움을 사겠지만, 러스티는 키션을 똑바로 보면서 단호하게 말했다. “챠트 가게는 안 돼. 우리는 70루피를 가지고 한 달을 살아야 해. 이 돈을 다 쓰더라도 나는 돈을 더 보내달라는 편지는 쓰지 않을 거야. 밥은 소미네에서 먹을 거야. 그러니까 챠트 가게는 안 돼!”

“형 너무 싫어.”

“나도 너 싫어.”

둘은 사이좋게 장미 덤불에 널려 있는 빨래들을 걷고, 지붕 위에 있는 방으로 가기 위해 계단을 올라갔다.

* * *

방에 침대는 하나밖에 없었고, 키션이 이기적으로 침대를 독차지하는 바람에 러스티는 밤중에 두 번이나 자다가 바닥으로 굴러떨어졌다. 결국 그는 의자에 앉아 테이블에 발을 올린 채 창밖에 펼쳐진 어두운 밤을 물끄러미 바라봤다. 잠자리가 편안했더라도 잠을 이루지 못했을 것이다. 그는 지독한 상사병에 걸린 느낌이었다. 시를 쓰고 싶었지만, 너무 어두워서 쓸 수 없었다. 편지를 쓰고 싶었지만, 메나가 떠난 지 하루도 안 됐다. 그는 메나 부인과 같이 도망쳐서 언덕으로, 아무도

그들을 찾을 수 없는 숲속으로 가버리고 싶었다. 그리고 그곳
에서 영원히 살면서 절대 나이 들지 않기를 바랐다… 둘 다
절대 나이 들지 않기를….

15장

폭풍우

아침에 수리에게서 쪽지가 한 장 와 있었다. 러스티는 어떻게 아무도 모르게 수리가 그 쪽지를 문간에 놔두고 갔는지 궁금했다. 쪽지 내용은 다음과 같았다.

내일 나는 무수리로 가. 오늘 저녁 5시 정각에 러스티 씨와 키션이 내 작별 파티에 와주면 좋겠어.

수리가 떠난다는 사실이 알려지자마자 갑자기 모두 그를 사랑하기 시작했다. 그리고 그가 마음을 바꿔서 계속 이곳에

179

머물지 않도록 모두 그에게 선물을 사줬다. 키션은 그가 여자들을 좀 더 가까이서 염탐할 수 있도록 싸구려 쌍안경을 사줬다. 수리는 테이블 주위에 앉은 손님들에게 정중하게 대접했다. 그들은 수리가 하는 모든 말을 너그럽게 봐줬고, 아주 싹싹하게 대해줬으며, 그가 떠난다는 사실이 너무 기뻐서 만세삼창했다.

그들은 레모네이드를 마시고 크림 케이크를(쇼핑센터에 있는 세련된 레스토랑에서 특별히 사 온) 먹었다. 키션이 말했다. "수리, 네가 떠난다니 굉장히 유감이야." 레모네이드와 크림 케이크를 한 입 더 먹고 나서 또 말했다. "너는 우리에게 형제와 같아." 크림 케이크를 다 먹고 나서야 키션은 수리의 목을 끌어안고 작별의 키스를 했다.

크림 케이크와 레모네이드와 수리가 떠난다는 사실 모두 아주 감동적이었다.

얼마나 먹었는지, 키션이 토하는 바람에 러스티는 그를 데리고 지붕 위의 방으로 돌아와야 했다. 키션은 침대에 쓰러져 엎드려 있었고, 러스티는 창문 앞 벵골보리수 가지 사이로 보이는 밤하늘을 멍하니 바라보고 있었다.

그러다 그가 입을 열었다. "보슬비가 내리네. 곧 폭풍이 칠 것 같아. 이렇게 어두운 하늘은 본 적이 없어."

러스티의 말이 옳다고 입증하듯 순간 번개가 쳤다. 러스티의 눈이 반짝 빛났다. 그는 폭풍을 좋아했다. 가끔 폭풍은 그의 내면에서 들끓는 감정을 표현하는 것처럼 느껴졌다.

"형, 창문 닫아요." 어느새 정신을 차린 키션이 말했다.

"창문을 닫으면, 덩굴에 핀 꽃들이 죽을 거야."

키션이 코웃음을 쳤다. "형은 정말 시인이에요. 그게 진짜 형의 모습이라고요!"

"언젠가 나는 시를 쓸 거야."

"왜 오늘은 안 쓰고?"

"오늘은 너무 많은 일이 일어났으니까."

"난 그렇게 생각하지 않아요. 데라에선 아무 일도 일어나지 않아요. 이 마을은 죽은 곳이에요. 시를… 왜 지금부터 쓰지 않아요? 형은 훌륭한 작가야, 내가 전에도 그렇게 말했잖아요."

"나도 알아."

"언젠가는… 언젠가 형은 왕이 되겠죠… 하지만 지금 시작하지 않으면 꿈일 뿐이에요. 어쨌든 지금은 제발 창문 좀 닫아요!”

하지만 러스티는 창문을 열어놓는 것이 좋았고, 들이치는 빗물이 얼굴에 얼룩지는 것이 좋았고, 빗물이 벵골보리수잎들을 후두득 때리는 풍경을 지켜보는 게 좋았다.

“부모님은 지금쯤이면 델리에 도착했겠네.” 러스티는 혼잣말처럼 중얼거렸다.

“아빠는 취했을 거고.” 키션이 말했다.

“마실 술도 없는데.”

“아, 뭐든 찾아내겠죠. 있죠, 아빠가 하루는 집에 있는 술에 취해 머릿기름을 다 마셔버렸다니까요. 아 참, 아빠가 선생님에게 뒷문 열쇠 주지 않았어요? 그거 우리가 한 병 마셔요….”

러스티는 대답하지 않았다. 바짝 긴장한 하늘이 우르르 흔들렸다. 하늘을 두꺼운 담요처럼 뒤덮은 먹구름이 요란하게 신음하자, 그때까지 고요하고 후덥지근하던 공기에 전류가 흐르듯 떨리기 시작했다. 그 순간 천둥이 쿵 소리를 내며 사방으로 울려 퍼지더니, 바로 우박이 쏟아져서 주름진 함석지붕을 때리기 시작했다.

"소리 한번 엄청나다! 누가 들으면 지붕 위에서 해골들이 싸우는 소리인 줄 알겠어요!" 키션이 외쳤다.

구슬만 한 크기의 우박이 문간으로 튀어 들어왔고, 지붕에 서는 하얀 얼음층이 쌓여갔다. 러스티는 유모 하나가 자갈길을 따라 허겁지겁 달려가는 모습을 창문으로 볼 수 있었네. 그녀가 미는 유아차가 돌 위로 거칠게 튀어 올랐고, 유모의 머릿수건 끝자락이 사정없이 펄럭였다.

"창문 좀 닫으라니까!" 키션이 소리를 질렀다.

"넌 왜 그렇게 네 멋대로니?"

"그게 아니라 나 아프다고! 내가 사방에 토했으면 좋겠어요?"

러스티는 덩굴을 창문 밖으로 최대한 조심스럽게 밀어내서 바깥쪽 벽에 기대놓았다. 그러고 나서 창문을 닫았다. 그러자 창밖 풍경이 사라져 버렸다. 합판으로 만들어진 창문에는 유리창이 없었기 때문이다.

"문도 닫아요." 키션이 신음하며 말했다.

문을 닫자 방은 깊은 어둠 속에 잠겼다. "참, 대단한 방이네. 전등 하나 없다니. 부모님이 돌아오면 형도 아래층에서 같이 살아야겠어요." 키션이 투덜거렸다.

"그래도 난 여기가 좋아."

폭풍은 밤새 몰아쳤다. 불안해진 키션은 러스티를 가만히 얼싸안았다. 마치 자기를 보호해달라는 듯.

* * *

아침이 되자 비는 그쳤지만, 하늘은 여전히 흐렸고 금방이라도 다시 폭풍이 칠 것처럼 험악했다. 러스티와 키션은 침대에 누워 있었다. 너무 지루해서 꿈쩍도 하지 않았다. 양철통 안에 말린 과일이 조금 들어 있었고, 둘은 쉴 새 없이 견과를 입에 넣고 우물거렸다. 밑에서 우체부가 우편물을 배달하는 소리가 들렸다. 우체부가 카푸르 씨 부부가 집을 비운 걸 모른다는 사실이 갑자기 떠오른 러스티는 침대에서 벌떡 일어났다. 그러고는 문을 열고 지붕 가장자리로 달려갔다.

"우체부 아저씨! 카푸르 씨 댁으로 온 우편물 없나요?" 그가 소리쳤다.

"없어. 하지만 너에게 온 게 하나 있는데, 내가 올라갈까?"

우체부가 말했다.

그 말이 떨어지기가 무섭게 러스티는 아래로 내려가는 중이었다. 메나 부인이 보낸 편지일지도 몰랐다. 그것은 전보였다. 봉투를 찢어서 여는 러스티의 손가락이 덜덜 떨렸고, 지붕 위의 방에 도착하기 전에 읽어버렸다. 방에 들어서는 러스티의 얼굴이 하얗게 질려 있었다.

"형, 무슨 일 있어요? 어디 아파요?" 키션이 물었다.

러스티는 침대 가장자리에 털썩 주저앉아 공허한 눈빛으로 바닥을 멍하니 바라봤다.

"너는 하르드와르[인도 북부의 도시-옮긴이]로 가서 고모와 같이 지내야 한대." 러스티가 마침내 입을 열었다.

"음, 엄마에게 난 여기 있을 거라고 말하면 되죠."

"이건 네 고모가 보낸 전보야."

"왜 엄마가 직접 말하지 않고요?"

"…그 이유는 말하고 싶지 않아."

"왜요?" 이상한 기운을 감지한 키션이 전보를 잡아채려 했지만 허사였다. "왜냐니까? 말하라고, 러스티. 말하라니까!"

키션의 목소리에 엄청난 공포가 서려 있었다. 그는 히스테리를 일으키기 직전이었다.

"차 사고가 났대." 러스티의 목소리는 긴장된 한편으로 공허하게 들렸다.

"아빠에게 무슨 일이 생겼어요?"

"아니."

끔찍한 침묵이 흘렀다. 키션은 눈물과 혼란스러움이 가득한 눈으로 러스티를 무력하게 바라보았다. 더는 견딜 수 없어진 러스티는 키션을 껴안고 목놓아 울었다.

"아, 엄마, 엄마. 아, 엄마…." 키션도 엉엉 울었다.

울지 마,
제발 울지 마

그날 늦은 저녁, 구름이 걷혔고 하늘에는 수많은 별이 떠서 반짝였다. 러스티는 침대에 앉아 창밖의 별들을 내다보며 키션을 기다리고 있었다. 곧 맨발 소리가 돌바닥 위에 울려 퍼졌고, 러스티는 문간에 비친 희미한 달빛 속에서 뚜렷하게 드러난 키션의 윤곽을 알아볼 수 있었다.

"왜 유령처럼 슬그머니 들어오는 거야?" 러스티가 나지막하게 말했다.

"형을 안 깨우려고."

"아직 초저녁인데 뭘. 그동안 어디 있었어? 널 찾아다녔단 말이야.”

“그냥 좀 걸었어요….”

키션은 러스티 옆에 앉아 같이 창밖의 별들을 바라봤다. 달빛이 그들의 발을 비췄지만, 그들의 얼굴은 어둠 속에 잠겨 있었다.

“러스티.” 키션이 불렀다.

“응.”

“난 하르드와르에 가고 싶지 않아요.”

“나도 알아. 하지만 넌 여기 있을 수 없어. 친척들에게 가야지. 그리고 하르드와르는 아름다운 곳이고, 거기 사람들은 친절하고….”

“난 형이랑 같이 있을래요.”

“난 너를 돌봐줄 수 없어, 키션. 난 돈도 없고, 직장도 없고… 넌 고모랑 같이 살아야 해. 대신 널 보러 갈게.”

“절대 안 올 거면서.”

“노력할게.”

매일 밤 근처 정글에서 들개들이 울부짖는 소리를 들을 수 있었지만, 오늘 밤엔 그 소리가 훨씬 더 가까이, 집에서 더 가까운 곳에서 들렸다. 키션은 잠이 들었다. 그는 지칠 대로 지쳤다. 그는 저녁 내내 걸어 다니면서 목놓아 울었다. 러스티는 잠 못 이루고 누워 있었다. 그의 눈에 눈물이 가득 고여 있었다. 그 눈물이 자신을 위한 것인지 아니면 메나 부인을 위한 것인지 아니면 키션을 위한 것인지 알 수 없었지만, 어쨌든 누군가를 위한 눈물이었다.

메나 부인은 죽었다고 그는 중얼거렸다. 메나는 죽었다. 세상에 신이 있다면 신이 그녀를 돌봐줄 것이다. 신이 사랑이라면, 내 사랑이 그녀와 같이 있을 것이다. 그녀의 얼굴이 아직도 생생하다. 덤불 숲에서 나란히 서서 바라보던 햇빛과 그늘에 얼룩진 얼굴, 검은 폭포수처럼 흘러내린 머리카락, 지친 그녀의 힘없는 눈동자, 램프 불빛에 비친 그녀의 서늘한 발. 그녀는 날 사랑했다….

러스티는 인생이 무력하고 허망하고 사소하다는 느낌에 압도되었다. 매 순간, 매 순간 누군가 태어나고 누군가 죽는다고 그는 중얼거렸다. 하나, 둘, 셋 이렇게 매 순간 한 사람이 태어나고 한 사람이 죽는 걸 셀 수 있는데… 거대한 전체의 삶에서 이 하나의 생명은 뭘까, 이 하나의 죽음이란 그저 시간의 흐름일 뿐이지 않을까… 내가 지금 죽는다면, 갑자기 아무 이유도 없이 죽는다면 무슨 일이 일어날까, 그게 중요하긴 할까… 우리는 이유도 모르고 목적도 없이 살아가고 있구나.

부드러우면서 투명한 달빛이 방안을 적셨다. 들개들이 짖는 소리가 바로 바깥 들판에서 나는 것처럼 가까이 들렸다. 러스티는 생각했다. "들개는 죽음과 같지. 추하고 비겁하고 미쳤어…." 그 순간, 문간에서 희미한 뭔가가 킁킁거리며 냄새 맡는 소리가 들려왔다. 놀란 러스티는 고개를 들어 그쪽을 노려보았다. 달빛을 배경으로 어두운 형체, 비쩍 마르고 갈망에 찬 들개의 윤곽이 드러났다. 번갯불처럼 번뜩이는 눈빛은 악의로 가득 차 있었다.

러스티는 비명을 애써 참았다. 번들거리는 코로 킁킁대며 먹잇감을 노리는 그 냉혹한 짐승에게 방에 있는 모든 걸 집어 던지거나 아니면 창밖으로 몸을 던져 도망가고 싶었다. 하지만 꼼짝할 수가 없었다.

들개는 머리를 하늘로 쳐들고 오랫동안 울부짖었다. 소름이 오싹 끼쳤다. 그 소리가 마치 전류처럼 러스티의 몸을 관통했다. 키션이 헉 소리를 내며 벌떡 일어나 러스티를 껴안았다.

그 순간 러스티가 비명을 질렀다. 그것은 반쯤은 고함이자 반쯤은 비명이었고, 뱃속에서 시작된 그 소리는 폐를 거쳐 텅 빈 밤하늘에 울려 퍼졌다. 주위에 있는 모든 것이 비명의 진동에 맞춰 흔들리고 떨리는 것처럼 보였다.

들개가 그 소리에 도망쳐버렸다. 키션은 흐느껴 울면서 러스티에게서 떨어져 이불 속으로 들어가 버렸다. 러스티의 비명이 메아리치며 서서히 사라지자, 밤의 어둠이 다시 찾아왔다. 묵직하고 숨 막히는 침묵이 모든 것을 짓눌렀다. 이제 들리는 건 이불 속에서 키션이 훌쩍훌쩍 우는 소리뿐이었다. 그는 들개의 울부짖음보다 러스티의 고통스러운 비명에 더 놀란 눈치였다.

"오, 키션. 울지 마. 제발 울지 마. 네가 우니까 나도 내가 무서워지잖니. 무서워하지 마, 키션. 내가 나를 무서워하게 만들지 말아줘…" 그는 소년을 껴안으며 말했다.

✳ ✳ ✳

아침에 둘의 관계는 조금 긴장돼 있었다.

키션의 이모가 도착했다. 키션을 고모 집이 있는 하르드와르로 태워 갈 이륜마차도 준비해 왔다. 그녀는 러스티에게 100루피를 주면서 카푸르 씨가 준 돈이라고 전했다. 러스티는 받고 싶어 하지 않았지만, 키션이 그에게 거친 말을 해대며 억지로 받게 했다.

마차를 끄는 조랑말은 안절부절못하면서 땅바닥을 발로 긁고 재갈을 씹으며 콧바람을 불었다. 마부가 마차에서 내려서 고삐를 잡는 동안 키션과 이모가 마차에 올라타서 자리에 앉았다.

키션은 비참한 모습을 감추려는 시도조차 하지 않았다. "형도 같이 가면 좋을 텐데." 그가 말했다.

"너를 보러 꼭 갈게."

키션은 평소에 깊은 속내를 드러내는 적이 거의 없었다. 그는 항상 재미있는 것에만 몰두해 있느라 뭔가를 깊이 생각해 본 적이 없었다. 하지만 평소에 그렇게 생각하거나 말해본 적은 없어도 마음속에는 깊은 감정을 품고 있었다.

그는 얼굴을 찡그리더니 코를 쑤시며 들릴락 말락 말했다. "내 속의 나는 너무 외로워요…."

마부가 채찍을 휘두르자, 말이 힝힝 울었고 바퀴에서 삐걱거리는 소리가 났다. 마차는 앞으로 힘겹게 나아갔다. 도랑을 덜컹거리며 올라설 때, 마차에 탄 사람들 모두 밖으로 떨어질 듯 아슬아슬해 보였다. 하지만 마차는 부서지지 않고 다시 덜컹거리며 아래로 내려갔고, 키션과 이모는 자리에 그대로 앉아 있었다. 마부가 짤랑짤랑 방울 소리를 내며 몰고 간 마차는 역으로 이어지는 주도로에 들어섰다.

러스티가 손을 흔들었다. 키션은 허리를 곧추세운 채 뻣뻣하게 앉아서 셔츠 자락 끝만 힘껏 움켜쥐고 있었다.

러스티는 키션이 걱정됐다. 그는 이모를 마치 모르는 사람 대하듯 멀찍이 떨어져 앉아 있었다. 키션은 낯설고 친구 하나 없는 세계, 아무도 그를 모르고 돌봐주지도 않을 세계로 떠밀려 가는 듯한 기분일 것이다. 러스티는 키션이 자유분방하고 독립적인 아이라는 사실을 알고 있었지만, 그래도 걱정됐다.

마부가 말의 이름을 불렀고, 마차는 길모퉁이를 돌아 시야에서 사라졌다. 러스티는 문 앞에 서서, 텅 빈 도로를 물끄러미 바라봤다. 그는 생각했다.

'나는 내 방으로 돌아갈 것이고 시간은 흐를 것이고 많은 일이 일어나겠지만, 오늘은 다시 오지 않겠지. 여전히 해는 뜨고 리치 열매도 열릴 테고, 새로운 친구들이 생기겠지만, 메나는 없을 테고 키션도 없을 것이다. 우리의 삶이 멀어져 버렸으니까. 키션과 나는 같이 강가로 내려갔지만, 나는 갈대에 발이 묶였고, 키션은 강물에 휩쓸려버렸어. 내가 그를 따라잡는다고 해도 그건 지금과 같지는 않을 거야. 그건 슬프겠지… 키션은 떠났고, 내 인생의 일부도 그와 함께 가버렸어. 그리고… 내 안의 나는 너무 외로워.'

혼혈아

무덥고 불안한 오후였다. 물장수가 가죽으로 만든 물통을 들고 먼지로 뒤덮인 길에 물을 흘리면서 지나갔다. 장난감 장수가 공터로 들어와 노래를 부르는 것처럼 높고 날카로운 목소리로 장난감을 사라고 외치자 곧 아이들이 재잘재잘 떠드는 소리가 들렸다.

장난감 장수가 들고 있는 긴 대나무 장대에 두세 개의 짧은 대나무가 엇갈리게 매달려 있었는데 거기에 온갖 장난감이 대롱대롱 걸려 있었다. 셀룰로이드로 만든 작은 드럼, 주석으로 만든 손목시계, 아주 작은 플루트와 피리들, 다양한 색의 천으로 만든 인형들. 이것들이 다 팔리면 장난감 장수는 커다란 가방에서 다른 물건들을 꺼냈다. 아주 신비롭고 매력적인 그 가방은 오직 장난감 장수만이 속을 들여다볼 수 있었다. 그는 부자들에게나 가난한 사람들에게나 똑같이 인기가 있었다. 그의 장난감은 하나당 4안나를 넘지 않았고, 보통 하루도 못 가서 망가졌기 때문이다.

러스티는 그 싸구려 장난감들을 좋아했고, 그것들로 방을 꾸미는 것도 좋아했다. 그는 2안나짜리 플루트를 사서 불면서 지붕 위의 방으로 올라갔다.

그는 셔츠와 샌들을 벗고 침대에 벌떡 누워 천장을 멍하니 바라봤다. 도마뱀들이 서까래 위를 허둥지둥 달려갔고, 대머리 새가 창턱을 따라 폴짝폴짝 뛰어다녔다. 막 잠이 들려고 했을 때 소미가 들어왔다.

소미는 왠지 힘이 없어 보였다.

"온몸이 끈적끈적해서 아무것도 입고 싶지 않아." 소미가 말했다.

그도 셔츠를 벗어서 테이블 위에 올려 놓고 거울 앞에 서서 자신의 몸매를 찬찬히 살펴봤다. 그러고 나서 러스티에게 돌아셨다.

"상태가 안 좋아 보이는데. 너 머리에 거미줄이 붙었어."

"상관없어."

"너 카푸르 부인을 엄청나게 좋아했나 봐. 아주 친절한 분이 긴 하셨지."

"난 그녀를 사랑했어, 그것도 몰랐어?"

"몰랐는데. 내가 아는 건 오로지 내 사랑뿐이니까. 러스티, 내 단짝 친구, 넌 이 방에서 살 수 없어. 우리 집으로 가자. 이 건물엔 곧 새로운 세입자들이 들어올 거야."

"싫어, 그 사람들이 들어오면 나갈 거야, 아니면 집주인이 내가 여기 사는 걸 발견할 때 나가든가."

평소엔 밝은 소미의 얼굴이 오늘따라 좀 침울해 보였고, 눈 빛도 살짝 불안해 보였다.

"가서 오이를 좀 사올게. 오이를 먹으면 기분이 나아질 거야. 그러고 나서 너에게 할 말이 있어." 소미가 말했다.

"난 오이 싫어. 코코넛이 먹고 싶어." 러스티가 말했다.

"난 오이가 먹고 싶어."

러스티는 짜증이 났다. 방은 뜨거웠고, 침대도 뜨거웠고, 그의 피도 뜨거웠다. 그는 성질을 부리며 말했다. "넌 가서 오이나 먹어. 난 아무것도 원하지 않아…."

소미는 놀라기도 하고 상처받은 표정으로 그를 바라봤다. 그러더니 한마디 말도 없이 셔츠를 가지고 홱 나가버렸다. 소미의 슬리퍼가 계단을 탁탁 때리며 내려가는 소리가 들렸고, 이어서 자갈길 위를 굴러가는 자전거 타이어 소리도 들렸다.

"야, 소미! 돌아와!" 러스티는 침대에서 벌떡 일어나 지붕으로 달려가면서 소리쳤다. 하지만 소미의 자전거는 도랑 위를 휙 넘어가고 있었다. 러스티는 침대로 돌아오는 거 말고는 할 수 있는 일이 없었다. 그는 자신의 까칠하고 사나운 면에 깜짝 놀랐다. 다시 침대에 드러누워서 천장으로 고개를 돌려 서까래를 따라 서로 쫓고 쫓는 도마뱀들을 바라봤다. 지붕 위에서 까마귀 두 마리가 싸우면서 서로의 깃털을 뽑고 있었다. 모두가 짜증이 나 있었다.

뭐가 잘못된 거지? 러스티는 곰곰이 생각했다. 나는 소미에게 화가 난 게 아니라 그저 열이 뻗쳐서 말했을 뿐인데. 마치 소미에게 화가 난 것처럼 말이 나와버렸어. 이제 난 비참한 데다 모든 게 지긋지긋해졌어. 아, 망할….

러스티는 눈을 감고 모든 것을 차단해 버렸다. 아무 생각도 하지 않으려 했다. 그랬다가 눈을 뜨자 웃고 있는 소미의 얼굴이 코앞에 있었다.

"무슨 꿈을 꾸고 있는 거야, 러스티? 난 네가 이렇게 달콤하게 미소를 짓고 있는 얼굴은 처음 봐!"

"아, 꿈꾸고 있었던 게 아니야." 러스티는 일어나 앉으며 말했다. 소미가 돌아와서 그의 기분이 한결 나아졌다. "아까 심술 부려서 미안해, 하지만 내 기분이…."

"조용!" 소미가 러스티의 입술에 손가락을 대며 나무랐다. "자, 내가 문제를 해결했어. 여기 널 위한 코코넛, 그리고 이건 날 위한 오이야!"

둘은 침대 위에 서로 마주 보고 가부좌 자세로 앉았다. 소미는 오이를, 러스티는 코코넛을 들고 있었다. 코코넛 즙이 러스티의 턱을 타고 가슴으로 흘러내리자 서늘하고 상쾌한 느낌이 들었다.

러스티가 말했다. "난 키션이 걱정돼. 키션은 분명 친척들에게 골칫거리가 될 텐데, 그들은 키션의 부모님이 아니잖아."

소미는 아무 말이 없었다. 방 안에서 들리는 소리라곤 오이

와 코코넛을 씹는 소리뿐이었다. 러스티를 보는 그의 입가엔 어색한 미소가 떠올랐지만, 눈가엔 웃음기가 없었다. 그는 억지로 대화를 이어 나가려는 듯한 태도로 말했다. "나는 암리차르|인도 북서부의 도시-옮긴이|에 몇 달 가 있을 거야. 하지만 봄에는 돌아올 거고, 그때까지 너는 여기서 잘 지내길 바라."

너무나 뜻밖의 소식이어서 한동안 받아들일 수 없었다. 란비르와 수리와 키션이 그랬던 것처럼 소미도 언젠가 데라를 떠날 거란 생각은 한 번도 해본 적이 없었는데. 그는 입을 뗄 수 없었다. 속이 메스꺼워지는 묵직함이 그의 마음과 머릿속을 짓눌렀다.

"어이, 러스티! 코코넛에 독이라도 든 것 같은 그런 표정 짓지 마!" 소미가 웃으며 말했다. 독은 소미의 말에 배어 있었다. 그리고 그 독이 러스티의 혈관을 타고 돌아다니면서 그의 심장을 때리고 머릿속을 두들겨댔다. 독이 온몸에 퍼지면서 그를 아프게 했다.

러스티가 입을 열었다. "소미…." 하지만 더는 아무 말도 할 수 없었다.

"코코넛 남기지 말고 다 먹어!"

“소미. 네가 데라를 떠나면, 나도 떠나겠어.” 러스티가 말했
다.

“코코넛 먹으라…. 뭐? 너 방금 뭐라고 했어?”

“나도 떠난다고.”

“너 미쳤어?”

“안 미쳤어.”

심상치 않음을 느낀 소미는 당혹스러운 표정으로 친구의
손목을 잡았다. 그리고 고개를 흔들었다. 그는 이 상황을 이해
할 수 없었다.

“왜, 러스티? 어디로 가려고?”

“영국으로.”

“하지만 넌 돈이 하나도 없잖아, 이 바보야!”

“여행비는 지원받을 수 있어. 영국 정부가 내줄 거야.”

“너 영국 사람이야?”

“그건 나도 모르겠어….”

“맙소사!” 소미는 자기 허벅지를 찰싹 치더니 절망에 차서
고개를 쳐들었다.

“넌 인도 국민도 아니고 영국 국민도 아닌데, 누군가가 네

여행 경비를 대줄 거로 생각하다니! 여권은 어떻게 구할 건데?"

"어떻게 구하지?" 러스티는 그 답을 찾고 싶어 되물었다.

"맙소사! 너 출생증명서는 있어?"

"오, 아니."

"그럼 너는 태어나지도 않은 거야." 소미는 안심한 눈치로 선언했다. "넌 살아있는 것도 아니라고! 넌 이 세상에 존재하지도 않는 거야!"

그는 잠시 숨을 쉬려고 입을 다물었다가, 허공에 대고 손가락을 흔들었다. "러스티, 넌 떠날 수 없어! 여기 있어야 해." 소미가 말했다.

러스티는 낙담해서 침대에 드러누웠다.

"난 사실 진짜 갈 거라곤 생각하지 않았어. 그저 그러고 싶은 마음이 들어서 그냥 말해본 거야. 여기에서 불행해서 그런 게 아니라… 여기보다 더 행복한 곳은 없었어… 늘 그래왔듯이 불안해서 그래. 아마 난 어디든 오래 머물지 못할 것 같아."

그의 말은 진실이었다. 러스티는 항상 진실을 말했다. 진실이란 곧 자신이 느끼는 감정이라고 생각한 그는 자신의 감정을 솔직히 표현하는 것이 진실을 말하는 것이라고 여겼다(다만 항상 자신의 감정을 말하진 않았다). 러스티는 거짓말을 한 적이 한 번도 없었다. 진실을 숨기는 법을 안다면 거짓말을 할 필요도 없는 것이다.

"넌 여기 사람이야." 소미는 러스티를 이 상황에 적응하게 하려고 애를 쓰며 말했다. "네가 영국에 가면 길을 잃게 될 거야. 러스티, 마음을 크게 다치게 될 거라고. 그랬다가 여기에 돌아오면, 만약 돌아온다면 난 어른이 되어 있을 거고 너도 그럴 거야. 그땐 우리가 지금보다 더 컸을 거란 뜻이야. 그러면 우리는 서로 잘 모르는 사람이 되어 있을 거야… 게다가 영국에는 챠트 가게도 없잖아!"

"하지만 난 인도 사람도 아니야, 소미. 난 어디에도 속하지 않는다고. 내게 출생증명서가 있다고 해도, 내가 그곳 사람이라고 할 수는 없어. 난 혼혈아야, 그건 어디에도 속하지 않는다는 말이잖아."

내가 지금 뭐라는 거야? 러스티는 생각했다. '왜 내 출생의 기원을 지금 느껴지는 이 씁쓸한 기분을 정당화하는 핑계로 삼고 있지? 아무도 날 쫓아내지 않았는데… 내 자유의지로

인도에서 도망치는 거면서… 왜 물려받은 내 혈통을 탓하는 거지?'

"그건 마찬가지로 네가 모든 곳에 속한다는 뜻이기도 해. 하지만 넌 그 말은 내게 한 적이 없잖아. 넌 백인처럼 피부가 하얀데." 소미가 말했다.

"별로 생각해 본 적이 없으니까."

"그게 수치스러워?"

"아니. 하지만 내 후견인은 수치스러워했어. 그는 내내 그걸 비밀로 하다가, 내가 홀리 축제에 다녀온 후에야 그 말을 퍼부었지. 나 그때 엄청 행복했었거든. 그래서 후견인이 그 이야기를 했을 때 수치스러운 게 아니라 자랑스러웠어."

"그런데 지금은?"

"지금? 아, 사실은 믿기지 않아. 왠지 내가 혼혈아라는 느낌이 들지 않아."

"그럼 아무 이유 없이 그걸 탓하진 마."

러스티는 그 말에 조금 부끄러워졌고, 잠시 침묵이 흘렀다. 그러다 소미가 어깨를 으쓱하더니 말했다. "그러니까 넌 떠난다는 거지. 인도에서 도망친다고."

"아니야, 인도에서 도망치는 건 아니야."

"그럼 넌 친구들에게서, 나에게서 도망치는 거야!"

러스티는 이 말에서 아이러니가 느껴져서 비꼬는 말투로 말했다.

"너, 소미 선생, 지금 도망치는 건 너잖아. 난 계속 여기 있고. 네가 암리차르에 가잖아. 난 그저 가고 싶다는 마음뿐이고. 난 여기서 혼자야. 모두 다 가버렸어. 그러니까 내가 마침내 떠난다면 내가 도망치게 될 유일한 사람은 나 자신뿐이라고!"

"아하!" 소미는 머리를 현자처럼 끄덕거리며 말했다. "그렇게 너에게서 도망친다면 넌 나에게서, 그리고 인도에서 도망치게 되는 거라고! 머리 아파. 자 그만 나가서 챠트나 먹자."

그는 러스티를 침대에서 끌어내서 방문 밖으로 밀고 나갔다. 그리고 계단 꼭대기에서 러스티의 등에 가볍게 올라타서, 발뒤꿈치로 그의 옆구리를 차면서 소리를 질렀다. "계단을 내려가라, 나의 조랑말아! 어서 빨리 내려가!"

러스티는 소미를 업고 계단을 내려와 잔디 위에 그를 떨어뜨렸다. 그들은 웃었지만, 그다지 즐거운 웃음소리는 아니었다. 둘은 그저 우정을 위해 웃었다.

"나의 절친이여." 소미는 그렇게 말하면서 진흙 한 줌을 러스티의 얼굴에 뿌렸다.

"나의 절친이여." 소미는 그렇게 말하면서 진흙 한 줌을 러스티의 얼굴에 뿌렸다.

텅 빈
데라에서

이제 모두 데라에서 떠났다. 메나는 절대 돌아오지 않을 것이다. 카푸르 씨도 돌아오지 않을 것 같았다. 키션이 고모 집으로 떠난 것이 결정적이었다. 란비르는 겨울이 올 때까지 무수리에 있을 텐데, 지금은 여전히 여름이고, 소미가 돌아오기까진 더 오랜 시간이 걸릴 것이다. 러스티가 잘 아는 사람들은 다 떠났고, 남아 있는 사람 중 그가 사랑하거나 증오할 만큼 잘 아는 사람은 하나도 없다.

물론 물탱크 근처에서 만나는 사람들—하인들, 유모들, 아기들—은 여전히 남아 있지만, 그들은 종일 바쁘다. 그리고 그들과 헤어지면 그에게 남은 것은 자신과 추억뿐이었다.

그는 메나를 잊고 싶었다. 키션이 옆에 있었다면 가능했을 지도 모른다. 두 소년은 같이 지내면서 서로를 위로했을 것이다. 하지만 혼자가 된 러스티는 자신의 감정을 통제할 수 없다는 사실을 깨달았다.

그리고 카푸르 씨. 카푸르 씨에게 메나는 완벽한 아내로 죽었다. 어떤 면에서 그녀의 죽음은 완벽했다. 모든 것에서 자유로워졌으니까. 수리가 둘 사이의 비밀을 밝히겠다고 했을 때 러스티는 비웃었다. 메나를 헐뜯는 말은 카푸르 씨가 한마디도 믿지 않으리라는 걸 러스티는 알고 있었다.

러스티는 그의 꿈들, 신비로운 세계로 돌아갔다. 그는 자주 혼잣말했고, 가끔은 도마뱀들에게 말을 하기도 했다. 그는 도마뱀들이 두려웠다. 두려워하는 동시에 매혹되기도 했다. 그들이 주변 환경에 맞춰 갈색에서 붉은색으로 초록색으로 몸의 색을 바꾸는 모습은 매혹적이었다. 하지만 천장에 붙어 있다가 축축하고 물렁물렁하고 부드럽게 철썩 소리를 내며 바닥에 떨어질 때면 혐오감이 일었다. 어느 날 밤, 이 중 한 마리는 분명 그의 얼굴 위로 떨어질 것이다.

어느 날 오후 문득 떠오른 생각 하나가 그를 갑작스럽고 열정적인 행동으로 이끌 뻔했다. 그는 자신의 방 옆 옥상에 정원을 만들자고 생각했다. 그 아이디어에 온통 사로잡힌 나머지, 몇 시간 동안 꽃밭을 설계하고, 메리골드, 백일홍, 코스모스가 만발한 완성된 꽃밭을 마음속에 그렸다. 하지만 그럴 도구도 없었고, 진흙과 벽돌을 여기까지 운반해서 가져와야 했고, 씨들을 구해야 하고, 그렇게 해서 힘들게 만들어놓으면 지붕이 무너질지도 모르고, 비가 와서 다 망쳐버릴지도 모르고… 어쨌든, 그는 떠날 것인데….

그의 생각은 내면으로 향했다. 그는 차츰 후견인과 같이 살 때 삶을 그토록 공허하고 무의미하게 만들었던 바로 그 심리 상태로 돌아갔다. 초조해지고 자주 꿈을 꾸며 현실감각을 잃어갔다. 지난 몇 달 동안의 풍성하고 충만한 삶은 별안간 끝나버렸고, 현재는 쓸쓸하고 우울하기만 했다. 우울한 몽상 속에서 만들어진 그의 미래는 암울했다.

어느 날 저녁, 계단에 앉아 있던 그는 자기도 모르게 열쇠를 만지작거리고 있는 자신을 발견했다. 그것은 카푸르 씨가 맡아달라고 부탁했던 뒷문 열쇠였다. 거기 있는 위스키병들이 떠올랐다. '형, 우리가 마셔요'라고 키션이 말했었던. 러스티는 생각했다. '안 될 거 없잖아, 그래… 몇 모금 마신다고 해 될 거 없지….' 그렇게 심적 갈등을 빚을 새도 없이 뒷문이 열렸다.

그날 밤 방에서 러스티는 위스키에 물도 타지 않고 마셨다. 술을 마신 건 처음이었는데, 느낌이 좋지 않았다. 좋자고 마시는 건 아니고, 그저 세상과 단절하고 모든 것을 잊기 위한 목적 하나로 마셨다.

그다지 많이 마시지도 않았는데 갑자기 지붕이 확실하게 기울어져 있는 게 보였다. 지붕이 마치 미끄럼틀처럼 그의 문에서 밑에 있는 들판으로 미끄러져 내려가는 것처럼 보였다. 벵골보리수에는 갑자기 벌떼가 몰려든 것처럼 보였다. 도마뱀들은 마치 무지개 조각처럼 한 번에 온갖 색깔로 변하고 있었다.

좀 더 마시자, 러스티는 말을 하기 시작했다. 혼잣말이 아니라 메나에게, 그의 머리를 사정없이 눌러서 억지로 베개에 머리를 대고 눕게 하려고 하는 그녀에게 말하고 있었다. 그는 메나의 손길에 저항해서 몸부림쳤지만, 그녀는 너무 힘이 셌고, 그는 울기 시작했다.

조금 더 마셨다. 이제 바닥이 기우뚱거리며 흔들리기 시작했고, 러스티는 테이블이 넘어지지 않게 잡고 있으려고 애를 먹었다. 방의 벽들이 무너져 내리고 있었다. 그는 위스키를 한 모금 더 삼키고 두 손으로 벽을 지탱했다. 그는 이제 뭐든 대처할 수 있을 것 같았다. 침대는 사정없이 흔들리고, 의자는 자꾸 미끄러지고, 테이블은 넘어지고, 벽은 좌우로 흔들리고 있었지만, 러스티는 동시에 모든 곳에 있으면서 모든 것을 통제하고 있었고, 맨손으로 이 건물 전체를 떠받치고 있었다. 그러다 그는 미끄러졌고, 모든 것이 그의 위로 무너져내렸다. 사방이 깜깜해졌다.

아침에 눈을 떴을 때, 그는 남아 있는 위스키병들을 창문 너머로 던져버리고, 자신을 바보라고 욕하고, 씻기 위해 물탱크로 내려갔다.

＊　＊　＊

며칠이 지났지만, 건조하고 먼지가 자욱한 게 그날이 그날 같았다. 러스티는 규칙적으로 물가에서 흙으로 만든 항아리에 물을 채우고, 문간에 걸린 갈대 매트를 적셨다. 가끔 들판에서 아이들이 크리켓을 했지만, 그들과 같이 경기할 힘이 없었다. 방에 있으면 공 소리와 방망이 소리, 아이들의 고함, 어떤 불운한 심판에게 언성을 높여 항의하는 새된 목소리가 들렸다. 때로는 축구공의 쿵 소리나 하키 스틱이 충돌하는 소리가 들렸지만… 그 소리보다 나은 건 물가에서 분주하게 일하는 유모들의 발에 묶인 종들과 발찌들에서 나는 짤랑거리는 소리였다. 시간이 흘러갔지만, 러스티는 시간이 흐르는 것조차 모르고 있었다. 그건 마치 강가 근처에 살아서, 강물이 항상 집 근처를 지나 멀리 흘러가는 것과 같았다. 하지만 집 안에 있는 러스티에겐 강물은 흐르지 않았다. 물은 계속 흘러갔지만, 강은 그 자리에 있었다.

그는 뭔가 일어나길 열망했다.

몬순이
시작되다

먼지. 먼지가 거대한 구름을 일으키며 날아올라 길을 따라 소용돌이치며 손에 닿는 모든 것을 휘어잡고 달라붙었다. 매캐하고, 숨이 막히며, 목을 따끔거리게 만들었다. 그다음에 천둥이 울렸다. 갑자기 바람이 멎고, 공기 중에 조용한 기대감이 감돌았다. 그러다 먼지 속에서 크고 검은 구름 무리가 우르르 소리를 내며 나왔다.

뭔가 일어나고 있었다.

처음에는 빗방울 하나가 창턱에 똑 소리를 내며 떨어졌다. 그 후에 후두두 소리를 내며 지붕을 때리는 비가 쏟아졌다.

러스티는 기대에 찬 전율과 어마어마한 흥분을 느꼈다. 지루한 여름을 박살 낼 비가 왔다. 몬순이 도착한 것이다!

하늘이 몸서리치고, 구름이 신음하고, 여러 가닥으로 갈라진 번개가 하늘을 내리쳤다. 그러자 하늘이 폭발했다. 비가 쏟아져 내리면서 함석지붕을 두들겼다. 창밖으로 20미터 앞도 잘 보이지 않을 만큼 시야가 좁아졌다. 마치 물의 벽에 갇혀 세상으로부터 완벽히 차단된 것처럼 느껴졌다.

몬순이 시작됐고, 러스티는 그 첫 소나기의 신선함을 온전히 느껴보고 싶었다. 그는 옷을 다 벗어 던지고 벌거벗은 채로 지붕 위로 올라갔다. 바람이 세차게 불면서 빗물이 그의 몸을 후려쳤다. 쾌감에 젖은 러스티는 무아지경에 빠져 몸부림쳤다. 비는 술보다 더 그를 들뜨게 했다. 그는 소리를 지르고 미친 듯이 춤을 추고 싶은 충동을 가까스로 참았다. 엄청나게 쏟아지는 신선한 비가 어마어마한 위로가 됐고, 그동안 마음과 몸에 쌓여 그를 중독시키던 정체된 느낌을 깨끗이 씻어내 주었다.

빗물이 마을을 휩쓸었고, 하늘과 땅을 정화했다. 바람과 비의 위력 앞에서 나무들도 몸을 굽혔다. 들판은 습지가 됐고,

꽃들은 다 져서 땅바닥에 납작하게 들러붙었다. 러스티는 유쾌한 기분으로 온몸에서 물을 뚝뚝 흘리며 방으로 돌아왔다. 방문을 열자 홍수와 맞닥뜨렸다. 문틈과 창문과 천창으로 비가 들이쳐서 무릎 높이까지 물이 차 있었다. 그는 침대로 갔다.

침대는 마치 끝없는 바다 한가운데 떠 있는 외딴섬처럼 아늑해 보였다. 그는 침대 시트에 몸을 묻으며 그 따듯한 온기와 부드러운 감촉을 음미했다. 그러고 나서 몸을 웅크리고 앉아 창밖을 바라보았다.

빗발이 거세졌다. 빗방울이 문을 두드려댔고, 도랑의 물이 불어나고 있었다. 지붕 위에서는 스타카토처럼 빠르고 또렷한 빗소리가 이어졌다. 배수관이 컥컥거리다 막히고, 커튼이 하늘을 향해 끝까지 날아올랐다. 비쩍 마른 나무들이 세찬 바람에 짓눌려 휘어졌다. 도로는 세찬 물살이 흐르는 급류로 변했고, 자갈길은 작은 물줄기들로 뒤덮였다. 몬순이 당도했다!

하지만 느닷없이 시작된 비는 갑자기 멈춰버렸다. 별안간 빗발이 약해지면서 소나기로 변해 서서히 가늘어졌다. 배수관에서 물방울이 뚝뚝 떨어지며 배수구로 흘러 들어갔다. 개구리들이 개굴개굴 울어대면서 진창 주위를 폴짝폴짝 뛰어다

넜다.

　태양이 맹렬한 기세로 떠올랐다. 나뭇잎들과 꽃잎들 위에 맺힌 빗방울이 햇빛을 받아 은과 금처럼 반짝였다. 비에 젖지 않은 건물 한구석에서 고양이 한 마리가 나와 나른하게 눈을 깜박였다. 조금 전까지 쏟아져 내린 비에는 아무 관심도 없는 듯 냉담한 표정이었다.

　그때 아이들이 집에서 뛰쳐나왔다.

　"버르사뜨|비-옮긴이|, 버르사뜨! 비가 왔다!" 아이들이 소리를 질렀다.

　그 말대로 비가 왔다. 지붕은 모두의 목욕탕이 됐다. 아이들, 구경꾼들, 개들이 다 모여서 지붕 위에 새로 생긴 샤워장을 체험해 보려고 계단을 올라왔다. 광장은 축구를 하러 온 사람들로 활기가 넘쳤다. 그것은 몬순 축구라고 부르는 것으로, 사람들은 무릎까지 푹푹 꺼지는 진창과 진흙 속에서 공을 차고 놀았다. 죽죽 미끄러지는 묵직한 진흙 속에서 맨발로 공을 차기란 쉽지 않았다. 시장에서 죽치고 있던 청년들이 맨발로 축구를 하는 이유는 애초에 장화를 신고 몬순 축구를 하기엔 너무 성가셨고, 그런 장화를 살만한 여유도 없기 때문이다.

하지만 러스티에게 이 비는 잠깐 들뜨게 하다 말았다. 처음 내리는 비만 격렬하고 상쾌하게 느껴졌지, 그 뒤 이어지는 비는 지루했다. 이제 비는 날마다 내리고 있었다…. 습기와 곰팡이 그리고 해가 없는 열기가 김을 내뿜으며 대지를 뒤덮는 광경만큼 우울한 건 없었다. 소미나 키션이 옆에 있었다면, 그런 사나운 날씨에도 재미있는 놀 거리를 찾아냈을지 모른다. 란비르가 같이 있었다면 모험할 기회를 발견했을지도 모른다. 하지만 혼자인 그는 무료하기만 했다.

그는 방문 밖에 있는 파이프에서 빗물이 뚝뚝 떨어지는 광경을 보며 빈둥거렸다. 나는 어디에 속해 있는 걸까, 난 지금 뭘 하는 걸까, 앞으로 내게 어떤 일이 일어날까…. 그는 생각했다. 그는 그를 둘러싼 체념과, 시간이 멈춰버린 듯한 정체감에서 벗어나기 위해 데라를 떠나기로 마음먹었다.

"난 떠나야 해. 난 철이 다 끝나버린 망고처럼 썩고 싶지도 않고, 하루가 저물어갈 무렵의 태양처럼 다 타버리고 싶지도 않아. 나는 평생 매일매일 똑같은 일만 하는 정원사나 요리사나 물장수처럼 살 수 없어. 난 오늘에는 관심 없어. 난 내일을 원해. 난 도마뱀 무리와 같이 이 작은 방에서, 다른 사람들의 집에서 평생 사느라 내 집은 가져보지도 못한 그런 인생을 살 순 없어. 난 벗어나야 해. 난 도 아니면 모가 되고 싶어. 흐지부지하게 평범한 사람은 되고 싶지 않아."

러스티는 델리로 가서 영국 고등판무관|제국주의 시대에 식민지나 보호국 등에 파견되는 외교관-옮긴이| 사절을 만나 보기로 결심했다. 그는 분명 러스티에게 영국으로 가는 배편을 마련해줄 것이다. 그는 소미에게 이 계획을 알리는 편지를 썼다. 영국으로 가는 길에 하르드와르를 거쳐야 하는데, 먼저 거기서 키션을 만날 것이다. 그에게 키션 고모의 주소가 있었다.

밤에 그는 계속 자다 깨다 하면서 미래를 생각하고 걱정했다. 계단 아래 배수구 속에서 뒹구는 개구리의 힘찬 노래와 들개가 섬뜩하게 울부짖는 소리를 들었다. 그러는 동안 사랑과 이별, 그리고 사랑과 죽음에 관한 불안한 의문들이 계속 떠올라 그의 잠을 몰아냈다.

하지만 데라를 떠나기 전날 밤, 그의 잠을 앗아간 건 개구리의 개굴개굴 노랫소리나 들개의 울부짖음이나 끈질기게 떠오르는 질문들이 아니었다. 그것은 어떤 위기와 끝이 닥쳐올 거라는 불길한 예감이었다.

20장

하르드와르행
기차에 오르다

우체부가 소미의 편지를 가져다주었다.

친애하는 러스티, 나의 절친

여행할 때 3등 칸은 타지 마. 승객이 너무 많아서 암리차르까지 가는 내내 서서 자야 했어.

나는 봄에 데라로 돌아갈 거야. 네가 란비르와 같이 홀리 축제를 즐기는 모습을 늦지 않게 볼 수 있겠지. 네가 인도를 떠나서 영국으로 도망치고 싶은 마음 이해해. 제발 날 다시 만날 때까지만이라도 기다려, 알겠지? 넌 뭔가 제대로 해보지도 않고 죽는 게 두려운 거잖아. 하지만 넌 아직 제대로 살아보지도 않았잖아.

네가 데라에서 행복하지 않은 건 알아. 분명 외롭겠지. 조금만 참고 기다려봐. 그러면 안 좋은 시절은 지나갈 거야. 우리는 왜 사는지 이유도 모르고 살아가지. 그걸 알아내려고 해봤자 소용없어. 우리는 살아야 해, 러스티, 그게 우리가 정말로 원하는 거니까. 그리고 그걸 원하는 한, 우리는 살아갈 이유, 심지어 그것 때문에 죽을 수도 있는 뭔가를 찾아내야 해.

우리 엄마는 건강하게 잘 지내시고 있어. 너에게 안부를 전해달라고 하서. 필요한 게 있으면 뭐든 내게 말해.

소미

러스티는 그 편지를 조심스럽게 접어서 셔츠 주머니에 넣었다. 영원히 간직할 생각이었다. 그는 소미가 돌아올 때까지 기다릴 수 없었다. 하지만 그와의 우정은 영원히 지속될 것이고, 그 우정의 아름다움 또한 항상 그의 마음속에 남아 있으리란 건 알고 있었다. 러스티의 인생 여정에서 터번을 비딱하게 쓴 소미는 들락날락할 것이고, 발꿈치를 탁탁 때리는 그의 슬리퍼 소리 역시 영원히 사라지지 않을 것이다….

러스티에겐 뭔가를 넣을 상자도 없고, 싸갈 만한 침구류도 없었다. 소지품은 하나도 없었고, 유일하게 있는 건 소미가 줘서 입고 있는 옷과 키션 덕분에 갖게 된 50루피뿐이었다. 그는 여행을 떠날 준비를 하지 않았다. 어떤 호들갑도 떨지 않고 누구도 귀찮게 하지 않고 슬쩍 떠날 것이다. 아무도 눈치채지 못하고 누구에게도 중요하지 않은 이별이 되겠지….

역으로 출발하기 한 시간 전에 쉬려고 드러누웠다. 도마뱀들이 허둥지둥 돌아다니는 천정을 물끄러미 올려다봤다. 그가 떠나건 말건 아무 관심이 없는 무정한 것들. 그들에게 인간이란 다 똑같으니까. 그리고 창턱에서 폴짝폴짝 뛰어다니는 대머리 새는 계속 다른 새들과 싸워서 더 많은 깃털이 빠질 것이다. 그리고 러스티는 망고나무에 사는 까마귀들과 다람쥐들을 그리워하겠지만, 그들은 그를 그리워하지 않을 것이다. 그건 사실이다. 그들에게 사람은 다 똑같은 존재다.

러스티가 방에서 나왔을 때 물가에 사람들이 있었다. 그들은 돌 위에 빨래를 올려놓고 빨랫방망이로 두드리고 있었고, 유모의 발목에선 장신구들이 짤랑짤랑 소리를 냈다. 물가에 있는 사람들에게 차마 작별 인사를 할 수 없었던 러스티는 자신이 떠난다는 사실을 그들이 눈치채지 않도록 방문을 닫지 않았다. 그는 계단을 내려와서ㅡ마지막으로 세어보니 스물두 단이었다ㅡ 배수구를 건너 천천히 자갈길을 따라 걸어 나가며, 영지를 빠져나갔다.

그는 광장을 가로질러 갔다. 거기서 한 무리의 학생들이 크리켓을 하고 있었고, 또 다른 그룹은 레슬링을 하고 있었다. 운동하고 있는 청년들 사이로 유아차들이 들락거리고, 소녀들이 아침부터 수다를 떨고 있었다. 러스티는 광장에서 보냈던 첫날 밤이 떠올랐다. 그때 그는 겁에 질려 있었고, 온몸은 축축한 데다 외로웠다. 이제 광장은 사람들로 북적였지만, 그는 여전히 같은 고독과 소외감을 느꼈다. 시장을 걸어가는 그의 마음은 무거웠다. 챠트 가게에서 익숙한 향신료 냄새와 프라이팬에서 지글거리는 소리가 들렸다. 아이들이 그와 부딪히며 지나갔고, 소들이 그의 앞을 막았다. 그들은 늘 그러했지만, 러스티는 이제서야 그들에게 눈길이 갔다. 마치 모두가 그를 붙잡고 가지 말라고 애원하는 듯했다.

하지만 이제 돌이킬 수 없었다. 앞에 무엇이 기다릴지 몰라 두렵고, 알 수 없는 미래가 무서웠지만, 뒤로 가는 것보다는 앞으로 나아가는 게 더 쉬웠다.

장난감 장수가 사람들을 헤치며 지나가고, 아이들이 그의 주위에 몰려들어 장대를 잡아당겼다. 러스티는 2안나짜리 동전을 만지작거리며, 빨간 깃털이 달린 작은 장식을 골랐다. 언뜻 봐도 아무 쓸모도 없어 보이는 물건이었지만 사기로 마음먹었다. 그때 누군가 그의 셔츠 소매를 잡아당겼다.

"작은 주인님, 작은 주인님." 해리슨 씨의 하인인 청소부 소년이었다.

러스티는 단번에 소년을 알아보았다. 박박 민 머리, 반짝이는 하얀 치아. 그는 소년을 외면하고 싶었다. 그에게는 멀리 떨어져 있으면서도 동시에 불편할 정도로 가까이 있는 과거와 연결된 그 청소부 소년을 무시하고 싶었다. 하지만 소년은 그의 셔츠 소매를 놓지 않았고, 러스티는 그에게 항상 친절하게 대하면서 해를 끼친 적은 한 번도 없는 소년을 무시하려한 자신이 수치스럽고 화가 났다. 러스티는 이제 주인이 아니었고, 누구도 그의 하인이 아니었다. 또 인도 사람이 아니니, 카스트 제도도 따르지 않으며, 다른 사람을 불가촉천민이라고 부르지 않아도 되었다.

"…일은 안 하는 거야?" 러스티가 물었다.

"일이 없어요." 소년이 미소를 짓자 까무잡잡한 얼굴에서 하얀 치아가 반짝 빛났다.

"해리슨 씨는 어쩌고? 주인 말이야?"

"떠났어요."

"떠났다고? 어디로?" 러스티는 놀라지 않는 자신에게 놀라며 물었다.

"몰라요, 하지만 영원히 떠났어요. 가기 전에 날 잘랐어요. 내가 베란다에 화장실 물을 조금 흘렸는데, 주인이 내 머리를 탁 때리며 욕을 했어요. 그래서 내가 말했죠. '주인님, 당신은 잔인해요. 그런 말은 짐승에게나 하는 거 아니에요?' 그랬더니 나보고 나가래요. 어쨌든 그는 떠났어요. 난 이틀 치 보수도 못 받고 해고됐고요."

러스티는 안도감과 혼란스러운 감정이 동시에 밀려왔는데, 그 이유는 청소부 소년과 같았다. 이제 그도 영원히 그곳으로 돌아갈 수 없게 된 것이다. 원하든 원치 않든 그는 옛집으로 돌아갈 수 없게 되었다.

"다른 사람들은 어떻게 됐는데?" 러스티가 물었다.

"그들은 계속 거기 살아요. 선교사의 부인은 좋은 분이에요, 내가 그곳을 떠나기 전에 나에게 5루피를 줬어요."

"너는? 너는 지금 일하고 있어?"

소년이 다시 미소를 지었다. "일이 없어요⋯."

러스티는 주머니 속 돈이 생각났지만, 감히 소년에게 돈을 주겠다고 제안할 수 없었다. 그랬다면 소년은 분명 받았겠지만, 그 소년에게서 보이는 고귀함을 무시하는 일 같았기 때문이다.

"내가 너의 일자리를 찾아볼게."

러스티는 편도 차표를 사러 역으로 가는 길이란 사실을 잊어버리고, 지붕 위의 방 주소를 소년에게 알려줬다. 소년은 러스티가 하는 말을 믿지 않았다. 고개를 끄덕였지만, 눈빛에 불신이 서려 있었다. 러스티가 그와 헤어졌을 때 소년은 특별히 누구에게랄 것도 없이 계속 고개를 끄덕이고 있었다.

＊　＊　＊

기차 승강장에서 짐꾼들이 서로 밀치면서 짐을 나르고, 이해하지도 못할 소리를 질러댔고, 묵직한 트렁크들을 번쩍번쩍 들어 올렸다. 상인들은 그들이 파는 물건들의 이름을 목청껏 외치면서 삐걱거리는 손수레를 밀고 다니고 있었다. 소다수, 오렌지, 빈랑 열매, 할와이 과자… 노점들 주위와 유리로 덮인 과자 상자 위로 파리 떼가 몰려들었다. 주인도 없고 제대로 먹지도 못한 잡종 개들이 승강장과 철로 주위를 돌아다니면서 음식 부스러기를 찾아다니며 기회가 생길 때마다 도둑질했다.

소미의 충고를 무시하고, 3등 칸 차표를 산 러스티는 텅 빈 객실을 발견했다. 차장이 호루라기를 불며 출발을 알렸지만, 아무도 신경 쓰지 않았다. 사람들은 기차가 출발하려면 아직도 10분이나 더 남았다고 확신하고 하던 일을 계속했다. 하르드와르 메일 열차는 절대 정시에 출발하는 법이 없으니까.

러스티는 객실에서 혼자였지만, 곧 수다스럽게 불평을 늘어놓는 뚱뚱한 여자가 문을 비집고 느릿느릿 들어와 침대 하나를 다 차지하고 누웠다. 보아하니 그런 식으로 행동해서 다른 승객들이 들어오지 못하게 하려는 계획인 듯했다. 그녀의 얼굴은 달덩어리처럼 크고 넓적했고 눈은 작고 동그랬다. 호기심에 찬 그 눈이 러스티를 이리저리 뜯어보다가, 러스티의 눈과 마주치면 얼른 피하곤 했다.

차장이 두 번째로 호루라기를 불자 승객들이 빠르게 줄을 서서 들어오고 있었다. 아기를 안은 젊은 여인, 군복을 입은 군인, 열두 살쯤 된 소년… 모두 가난한 사람들이었다. 돈을 절약하기 위해 삼등칸을 타고 다니는 뚱뚱한 부인만 예외였다.

차장의 호루라기가 다시 울렸지만, 기차는 여전히 출발하지 않았다. 하르드와르 메일 열차로서는 자연스러운 일이었다. 아무도 이 열차가 정시에 떠나리라 기대하지 않았다, 지금까지 그래 본 역사가 없었기 때문에(심지어 영국인들이 이곳을 다스리던 시절에도 그랬다) 인제 와서 정시에 출발한다면 그것이야말로 전통을 배반하는 일이었다. 모든 사람이 전통을 따르기 때문에 하르드와르 메일 열차도 정해진 시간에 도착하거나 출발해선 안 될 일이었다. 다만 언젠가 젊은 바보가 그 지정된 시간을 바꿀 거라는 두려움은 있었지만 말이다. 만약 열차가 정시에 떠난다면 어떤 일이 일어날지 상상해 보라. 철도 시스템 전체가 혼란에 빠질 것이다. 하르드와르 메일 열차의 시간표를 기준으로 다른 모든 열차의 시간이 결정되니까….

차장은 계속 호루라기를 불었고, 행상인들은 기차 창문 안으로 머리를 들이밀며 오렌지와 신문, 소다수를 파느라 바빴다. 누군가 외쳤다. "소다수라니! 누가 소다수를 마시겠어! 여기 우리 농부가 맑고 시원한 물을 가져왔으니 같이 마시지 않겠어? 빤|베텔 잎에 빈랑 열매, 향신료 등을 넣고 싸서 씹는 기호품-옮긴이| 장수! 저 장수 좀 어서 불러봐! 저이는 왜 우리 창가에 멈추질 않나!"

차장이 다시 호루라기를 불었다. 그제야 행상인들이 차창에서 떨어졌다. 전통에 충실한 하르드와르 메일 열차는 예정보다 30분 늦게 데라 역을 빠져나갔다.

✳ ✳ ✳

아마도 이제 데라를 영원히 떠나기 때문에 러스티는 눈에 들어오고 귀에 들리는 모든 것에 특별한 관심을 가지게 됐을 것이다. 평소라면 스쳐 갔을 풍경들이 이제 그의 마음에 생생하게 새겨지고 있었다. 기차가 역을 벗어날 때 분주히 짐을 나르는 짐꾼들의 몸짓, 바나나 껍질을 핥는 개 한 마리, 짐 더미 사이에서 벌거벗은 채 목이 터지도록 울고 있는 아기가 그의 눈에 들어왔다. …기차 승강장, 과일 노점들, 광고판들이 하나둘 모두 눈앞에서 사라져갔다.

기차에 속력이 붙자 객차는 삐걱거리며 미친 듯이 흔들렸다. 하지만 역과 마을에서 멀리 벗어나자 바퀴는 리듬을 되찾았고, 레일과 박자를 맞추며 노래를 불렀다. 그것은 끈질기면서도 슬프고 치명적인 노래였다. 또 하나의 삶이 끝나가고 있었다.

몇 달 전, 어느 아침 러스티는 숲속에서 둥둥 울려 퍼지는 북소리를 들었다. 고요한 아침 공기를 가르며 다가온 그 소리는 그를 부르는 부름이자, 전갈이자, 거스를 수 없는 힘이었다. 그는 뿌리가 잘린 채 낯선 곳에 옮겨 심어졌고, 거기서 다시 살아나 새로운 생명을 얻은 듯했다. 하지만 그것은 뿌리도 없이 너무 빨리 자랐고, 결국 시들어버렸다. 이제 그는 다시 도망치고 있었으나, 북소리는 더 이상 들리지 않았다. 대신 그를 먼 곳으로 데려가는 기차의 고동과 진동만이 느껴졌다. 인도로부터, 소미로부터, 챠트 가게와 시장으로부터 멀리. 러스티는 자신이 왜 도망치는지도 몰랐다. 다만 길을 잃었고, 외롭고, 지쳤고, 푹 나이를 먹은 것 같은 기분이라는 이유만이 있었다. 그는 이제 겨우 열일곱 살이 되었지만, 마치 많은 세월을 살아낸 사람처럼 늙어버린 것 같았다….

그의 옆에 앉은 꼬마는 창가에 무릎을 꿇고 앉아 전신주를 세고 있었다. 어느 순간부터 기차는 멈춰 있는 듯이 느껴지고, 오히려 전신주들이 휙휙 달려가는 것 같았다. 몸으로는 객차의 흔들림만이 전해졌다.

기차가 여러 개의 숲을 지나며 칙칙폭폭 노래를 불렀고, 가끔 아이가 신나게 손을 흔들며 사슴 한 마리를 가리키기도 했다. 그 사슴은 튼튼한 삼바|인도, 동남아산의 큰 사슴-옮긴이|이거나, 가녀리고 섬세하게 생긴 축사슴이었다. 나무 꼭대기에서 원숭이들이 소리를 지르거나, 깡충깡충 뛰어 나무를 건너다녔다. 대개 어린 새끼들이 가슴에 매달린 어미 원숭이들이었다. 하늘을 온통 뒤덮은 울창한 정글이 30분쯤 계속 보이다, 탁

트인 들판이 나타나자 햇살이 차창으로 쏟아져 들어왔다. 기차는 경작지와 옥수수와 사탕수수밭 사이를 달리고, 진흙으로 지은 납작하고 땅딸막한 오두막이 있는 마을도 스쳐갔다. 소떼가 밭을 갈고 있었고, 기차는 소용돌이치는 연기 자국만을 남기고 달려갔다.

마을에서 달려 나온 아이들—벌거벗은 몸이 갈색으로 그을린—이 기차를 향해 손을 흔들며 큰 소리로 인사했다. 기차 안의 꼬마도 손을 흔들며 즐겁게 외치고는 고개를 돌려 기차 안의 여행객들을 돌아보았다. 그의 눈은 기쁨에 반짝이고 있었다. 아이는 신나게 이런저런 이야기를 늘어놓기 시작했고, 승객들은 아이의 기분을 맞춰주느라 조용히 듣고 있었다. 농부는 소박하게 진심으로, 뚱뚱한 부인은 너그러운 미소로, 군인은 생색을 내며 아이의 말에 귀를 기울였다. 아기를 안은 젊은 여인은 잠들어 있었다. 러스티도 졸음에 젖어 아이의 말을 다 듣지 못했다. 그는 어렴풋하게 키션을 생각했다. 키션이 자신을 보면 얼마나 놀라고 기뻐할까.

그는 곧 잠이 들었다.

*　*　*

　잠에서 깼을 때 기차는 하르드와르에 가까워지고 있었다. 러스티는 거의 한 시간을 잤지만, 5분처럼 느껴졌다. 목이 바짝 말랐고 셔츠는 땀으로 흠뻑 젖었는데도 오한이 났다. 손이 덜덜 떨리는 걸 멈추려고 주먹을 꽉 쥐어야 했다.

　정오가 되자 기차는 증기를 뿜으며 하르드와르역에 도착했고, 승객들을 쏟아냈다. 제일 먼저 내리겠다고 마음먹은 뚱뚱한 부인이 문간에 서서 길을 막고 있었지만, 러스티와 군인은 재빨리 창밖으로 뛰어내려 앞질렀다. 기차에서 내리자 기분이 훨씬 나아졌지만 몸에 열이 나는 걸 그는 알고 있었다. 기차가 흔들리는 느낌은 여전히 가시지 않았고, 바퀴와 레일의 노랫소리가 머릿속에서 맴돌았다.

　러스티는 천천히 역을 빠져나오며, 키션의 고모 집에 가면 음식도 얻어 먹고 쉴 수 있으리라는 생각으로 마음을 달랬다.

　그리고 밤에는 델리로 가는 기차에 오를 것이다.

21장

커다란
분노

그 집은 언덕 꼭대기에 있었고, 언덕 아래 길에 선 러스티는 강가와 사원들, 그리고 강으로 이어지는 길고 우아한 계단을 오르내리는 수백 명의 사람들을 내려다볼 수 있었다. 그 강은 성스러운 강이었고, 하르드와르는 사람들이 순례를 오는 성지였다.

러스티가 문을 두드리자 곧 돌바닥을 맨발로 걸어오는 소리가 들렸다. 한 여인이 문을 열었지만, 러스티가 모르는 여자였다. 둘 다 어리둥절한 눈빛으로 서로를 바라봤다.

"아… 안녕하세요. 저기, 여기 카푸르 씨나 그분 누님이 사시나요?” 러스티가 더듬거리며 말했다.

여인은 바로 대답하지 않았다. 그녀는 마치 남 일처럼 무심하면서도 조금은 관심 어린 표정으로 러스티를 바라보며 그의 용건과 의도를 짐작하려고 애쓰는 눈치였다. 그녀는 단정하면서도 근사한 옷을 입고 있었고, 외모는 세련됐다. 러스티는 그를 훑어보는 그녀의 시선이 단순한 호기심일 거라 생각했다.

“누구세요?” 그녀가 물었다.

“저는 데라에서 온 친구입니다. 곧 인도를 떠나는데 그 전에 카푸르 씨와 아드님을 만나고 싶어서요. 두 사람은 여기 있나요?”

“카푸르 씨만 있어요. 들어와요.” 여인이 말했다.

러스티는 키션과 그의 고모가 어디에 있는지 궁금했지만, 이 낯선 여성에게 묻고 싶진 않았다. 그녀가 옆에 있으니 불편했다. 이 집은 그녀의 집처럼 느껴졌다. 밝은 야외에서 바로 들어와서인지 실내가 어두워 잘 보이지 않았지만, 이내 쿠션이 놓인 안락의자에 앉아 있는 카푸르 씨를 알아볼 수 있었다.

"안녕, 러스티 군. 이렇게 만나니 반갑네." 카푸르 씨가 앉은 채로 말했다.

테이블 위에 위스키 잔 하나가 있었지만, 카푸르 씨는 취해 보이지 않았다. 면도도 깔끔하게 했고, 옷차림도 단정했으며, 러스티가 마지막으로 봤을 때보다 훨씬 젊어 보였다. 하지만 뭔가 빠져 있었다. 그의 쾌활함, 다정함, 열정 같은 것들이 사라져 있었다. 이제 그의 모습은, 수염을 기르고 초록색 실내복을 입고 있던 옛 카푸르 씨와는 전혀 다른 사람이었다.

"안녕하세요, 카푸르 씨. 어떻게 지내시나요?" 러스티가 물었다.

"난 잘 지내, 정말 잘 지내지. 앉아. 뭐 좀 마시겠어?"

"괜찮아요. 전 인도를 떠나기 전에 아저씨와 키션을 만나러 왔어요. 그동안 제게 잘해주셔서 뵙고 싶었어요…."

"그건 별것도 아닌걸. 정말 별거 아니었어. 이렇게 다시 만나서 아주 기쁘지만, 유감스럽게도 키션은 여기 없어. 그건 그렇고, 자네가 방금 문 앞에서 만난 그 숙녀분 있잖아. 내가 아직 소개를 안 했는데… 이 사람이 내 아내야, 러스티 군… 난, 난 메나가 세상을 떠난 후 얼마 안 있다 재혼했어."

러스티는 혼란스러운 눈빛으로 카푸르 씨의 새 부인을 바라보며 조용히 인사했다. 아내가 세상을 떠난 뒤 남편이 곧바로 재혼하는 일은 드문 일이 아니라는 걸 러스티도 알고 있었지만, 마음속에서 격렬한 분노가 솟구쳤다. 이렇게 빠르게 재혼하다니…, 메나가 세상을 떠난 지 채 한 달도 안 됐는데 새 아내와 살고 있다니 혐오감이 일었다. 이 카푸르라는 남자—이 의지박약자, 주정뱅이, 독선적인 남자, 이기적인 술고래—에게 메나는 인생 전부를 바쳤다. 그의 곁을 떠날 수 있었을 때도 헌신적으로 그의 곁을 지켰다. 그때 그의 마음속에는 더 이상의 삶에 대한 투지도, 자존심도, 애정도 없었는데 말이다. 그때 그녀가 이 남자를 떠났다면 아직 살아 있었을 것이고, 그는—그는 죽었을 텐데….

러스티는 새 카푸르 부인에게 아무런 관심도 없었다. 카푸르 씨에게는 경멸만 느껴졌다.

"러스티 군은 우리 가족의 아주 좋은 친구야. 데라에서 키션을 아주 많이 도와줬지." 카푸르 씨가 말하고 있었다.

"메나 부인은 어떻게 죽었죠?" 러스티는 일부러 그를 상처 입히려는 듯 물었다. 그가 그럴 수 있는 인간이라면 말이다.

"자네가 아는 줄 알았는데? 사고가 났어. 그 이야기는 그만 하지, 러스티 군."

"운전은 당연히 기사가 하고 있었죠?"

카푸르 씨는 잔을 들어 위스키를 홀짝이고 나서 말했다.

"당연하지."

"어쩌나 그런 일이 일어난 거죠?"

"제발, 러스티 군. 자세한 이야기는 하고 싶지 않아. 우린 너무 빨리 달리고 있었어. 그러다 차가 도로를 벗어나서 나무를 들이받았지. 그 사고를 뭐라고 표현할 수 없네."

"그렇겠죠, 물론. 어쨌든 아저씨에겐 아무 일도 없어서 다행입니다. 슬픔을 극복하고 새 인생을 시작하신 것도 잘된 일이고요. 유감스럽게도 전 아저씨처럼 강하지 않아서 말이죠. 메나는 멋진 사람이었어요. 아직도 부인이 죽었다는 사실을 믿을 수 없어요."

"남은 사람은 계속 살아야 하니까…."

"당연히 그렇죠. 키션은 어떻게 지내나요? 키션을 보고 싶은데."

"키션은 지금 고모와 같이 러크나우|인도 북부 우타르프라데시주의

주도-옮긴이]에서 살고 있어. 거기서 살고 싶다고 했어." 카푸르 씨가 말했다. 새 카푸르 부인은 그때까지 입을 다물고 있었다.

"러스티 군에게 사실대로 말해요. 숨길 게 없잖아요." 그녀가 말했다.

"그럼 당신이 말하지."

"그게 무슨 뜻이에요?"

"키션은 우리 집에서 도망쳤어. 고모가 떠나자마자 바로 도망쳐버리더군. 우린 다시 돌아오게 하려고 애를 썼지만, 아무 소용없었어. 지금은 그냥 지켜보고만 있지. 키션은 지금 하르드와르에 있어. 그 아이에 대한 소문이 항상 들리지. 사람들 말로는 키션이 강 양쪽에서 가장 교활한 도둑이라고 하더군."

"네? 키션은 어떻게 찾을 수 있죠?"

"나도 몰라. 그 아이는 경찰의 수배를 받고 있어. 사람들에게 돈을 받고 그들을 위해 강도질을 해주고 있거든. 어른보다는 아이가 훔치기 더 쉬우니까. 게다가 키션은 워낙 손이 빨라서 그를 찾는 사람들도 많아. 아마 키션은 우리 집 물건도 눈 하나 깜빡하지 않고 털어갈걸."

"그렇지만 키션을 어디 가면 찾을 수 있는지는 아실 거잖아요. 뭔가 알고 계시잖아요." 러스티가 끈질기게 물었다.

"강가나 시장에서 종종 목격된다고 하더군. 하지만 그 아이가 어디 사는지는 나도 몰라. 아마 나무 위에 살거나, 사원이나 매음굴에 숨어 있겠지. 하르드와르 어딘가에는 있겠지만 정확한 위치는 나도 몰라… 아무도 몰라. 키션은 누구와도 말을 섞지 않고 모든 사람에게서 노망지고 있거든. …그런데 그 아이에게 뭘 바라는 거야?"

"…키션은 내 친구니까요." 러스티가 말했다.

"걔는 자네 돈도 털어갈걸."

"지금 내가 가진 돈은 키션이 준 거예요."

러스티는 그만 가려고 일어났다. 몹시 지쳤지만, 이 낯선 집에서 조금이라도 더 있고 싶지 않았다.

"자넨 피곤하잖아. 여기서 좀 쉬면서 우리랑 같이 식사하지 그래?" 카푸르 씨가 말했다.

"아뇨. 시간이 없어요." 러스티는 짧게 대답했다.

22장

선 택

기진맥진한 러스티가 힘이 하나도 없는 몸으로 비틀거리며 언덕길을 내려가는 동안 모든 희망이 빠져나갔다. 그는 생각을 제대로 할 수 없었다. 아침을 먹은 후 아무것도 먹지 못했다는 걸 알고 있었고, 카푸르 씨의 호의를 받아들이지 않은 걸 후회하고 스스로에게 욕을 퍼부었다.

그는 배가 고팠고, 목이 말랐다. 그러면서도 키션에게 무슨 일이 일어났을지, 그리고 앞으로 무슨 일이 일어날지를 생각하며 괴로워했다.

그는 강가로 이어지는 긴 계단을 비틀비틀 내려갔다. 강렬한 태양 빛이 돌에 반사되어, 강을 내려다보는 희고 거대한 사원 위로 아른거렸다. 러스티는 사원의 안뜰을 가로질러 강가로 향했다.

강둑에 엎드린 그는 손으로 성수|갠지스강을 신성시하는 인도인들은 강물을 성수로 여겨 마시고 목욕하고 기도를 올린다-옮긴이|를 떠서 마셨다. 그러고 나서 셔츠와 샌들을 벗고 물속으로 들어갔다. 강물 여기저기에 사람들이 서서 얼굴을 태양 쪽으로 향한 채 기도드리고 있었다. 거대한 물고기들이 사람들을 두려워하지도, 괴롭힘을 당하지도 않은 채 갠지스강의 신성한 물속에서 평화롭게 헤엄치고 있었다.

몸을 씻고 한결 개운해진 러스티가 강둑 위로 올라왔더니 샌들과 셔츠가 사라지고 없었다. 근처에는 아무도 없었다. 다만 막대기에 몸을 기대고 있는 걸인 하나, 오일로 자기 몸을 마사지하고 있는 청년 하나와 텅 빈 바구니 안을 뒤적이는 소 한 마리만 있었다. 이 셋 중에 범인은 소일 가능성이 가장 컸다. 소가 아마 샌들을 먹어 치웠을 것이다.

하지만 러스티는 자기 소지품이 어떻게 됐는지 더 이상 신경 쓰지 않았다. 돈은 벨트에 달린 가죽 지갑 속에 있었고, 그

벨트를 차고 있는 한 그에게는 돈과 파자마가 남아 있었다.

그는 젖은 파자마를 허벅지까지 말아 올렸다. 그러고 나서 흐릿해진 시선으로 앞을 바라보면서 걸인들이 들이미는 동냥 그릇을 무시하고, 층층이 올라가는 계단과 나란히 이어진 사원의 안뜰을 따라 걸었다.

아이들이 서로에게 고함을 질렀고, 승려들은 기도문을 읊고 있었다. 과일이나 챠트가 든 바구니를 머리에 인 행상들은 귀에 거슬리는 소리로 물건을 팔았고, 소들은 멋대로 사람들을 밀치며 어슬렁거렸다. 계단은 언덕 곳곳에서 강가로 이어졌다. 사원 쪽 계단은 널찍하고 깨끗했으며, 시장 쪽은 좁고 구불구불했다. 언덕을 중심으로 미로처럼 얽힌 골목길들은 시장을 지나 사원을 돌아, 강가를 따라 이어지다 모습을 감췄다가 다시 나타나기를 반복했다.

그때 골목 벽에 기대선 채 강둑을 따라 걷는 러스티를 몰래 훔쳐보는 사람이 있었다. 맨발에 누더기를 입고 비쩍 말랐지만, 예전처럼 당당한 기색이 역력한 키션이었다.

키션은 러스티를 소리쳐 부르고, 그에게 가서 안기고 싶었지만, 그럴 수 없었다. 그는 러스티가 갑자기 여기에 나타난 이유를 이해할 수 없었고, 혹시라도 자신을 잡으려는 덫일지도 몰라 모습을 드러낼 수 없었다. 지금 그가 지켜보는 사람이 러스티라는 것만은 분명했다. 러스티 아니고는 저런 금발 머리에 피부가 흰 사람이 하르드와르에서 반쯤 벗은 채로 걸어 다니고 있겠는가. 그 사람은 분명 러스티였다. 하지만 왜… 여기에? 러스티는 곤경에 처한 걸까? 아니면 아픈 걸까? 왜, 도대체 왜…. 왜….

러스티는 골목길에 서 있는 키션을 알아보았다. 하지만 너무 기운이 없어 큰 소리로 부를 수가 없었다. 그는 햇살 아래 서서 골목길에 서 있는 키션에게 가는 계단을 올려다봤다.

키션은 러스티에게 달려가야 할지, 아니면 도망쳐야 할지 판단이 서지 않았다. 그 역시 골목 어귀에 가만히 서 있었다.

"안녕, 러스티." 그가 불렀다.

그러자 러스티는 천천히 고통스러운 걸음으로 계단을 올라가기 시작했다. 발바닥은 불에 덴 듯 화끈거렸고, 머리는 빙빙 돌고, 심장은 상반되는 감정들이 복잡하게 얽혀 쿵쿵 뛰고 있었다.

"지금 혼자 있는 거야? 혼자가 아니라면 오지 마." 키션이 외쳤다.

러스티는 겨우 골목 입구까지 계단을 올라, 마침내 키션과 마주 보며 섰다. 시야가 흐릿하긴 했지만 키션의 초췌한 모습이 한눈에 들어왔다. 그는 지나치게 말라 뼈가 앙상했고, 머리카락은 헝클어져 있었고, 눈동자는 계단 어딘가에 숨어 있을지도 모르는 다른 사람들을 찾아 불안하게 움직이고 있었다.

"여긴 왜 온 거야, 러스티?"

"너 보러…."

"왜?"

"난 떠나니까."

"어떻게 떠난다는 거야? 금방이라도 죽을 것처럼 아파 보이는데."

"어쨌든 널 보러 왔어."

"왜?"

러스티는 계단에 털썩 주저앉았다. 두 손이 무릎 위로 축 늘어졌고, 머리도 저절로 앞으로 수그러졌다.

"배고프다." 그가 말했다.

키션은 공터로 걸어가서 과일 행상에게 다가갔다. 그러더니 커다란 수박 두 개를 가지고 돌아왔다.

"너 돈 있어?" 러스티가 물었다.

"아니. 그냥 외상이야. 저 사람들이 돈을 벌도록 내가 도와주니까, 내게 외상을 주지."

키션은 러스티 옆에 앉아 셔츠 주름 속에서 작지만, 위협적으로 보이는 칼을 하나 꺼내 수박을 반으로 갈랐다.

"그 몸으론 못 떠나." 키션이 말했다.

"난 돌아갈 수도 없어."

"왜 못 가?"

"돈도 없고, 일자리도 없고, 친구도 없으니까."

둘은 수박을 베어 물었다. 엄청난 속도로 먹어치웠고, 러스티는 한결 기운이 나는 것을 느꼈다. 힘이 없고 열이 난 건 뱃속이 텅 빈 탓이라는 생각이 들었다.

"난 도둑질도 못 할 거야. 사람들이 금방 날 알아볼 테니 강도질을 할 수도 없어. 어쨌든 그건 별로 좋은 일도 아니고." 러스티가 말했다.

"난 가난하고 불쌍한 사람은 털지 않아." 키션이 코를 후비며 반박했다.

"털만 한 게 있는 사람만 턴다고. 그리고 날 위해서 하는 짓도 아니야. 그래서 지금까지 안 잡힌 거야. 사람들은 자기들이 하기 싫은 더러운 짓을 대신해달라고 나한테 돈을 줘. 그런 식으로 그들도 안전해지는 거야. 그 일이 일어날 때 그들은 다른 곳에 있거든. 그리고 나도 훔친 걸 가지고 있지 않으니까 안전한 거고. 어쨌든 내가 그걸 가지고 있을 이유도 없고… 그러니까 이건 꽤 안전한 일이야. 하지만 걱정하지 마, 러스티 형. 데라로 돌아가면 그런 일을 하지 않을 거니까. 거긴 우리를 아는 사람들이 너무 많잖아. 게다가 난 경찰을 피해 도망 다니는 것도 지긋지긋해."

"그럼 우리는 데라에서 뭘 할 건데?"

"아, 형의 영어 수업을 받을 사람을 찾아보지 뭐. 하나도 아니고 많이 있을 거야. 난 챠트 가게를 시작하고."

"언제 갈까?" 러스티가 물었다. 영국과 명성과 부는 그의 머릿속에서 이미 멀어졌고, 곧 다시 꿈으로 남게 될 것이다.

"내일 아침 일찍. 강을 건너는 보트가 한 척 있어. 반드시 강을 건너가야 해. 난 이쪽에선 유명한데, 내가 떠나길 바라지 않는 사람들이 많거든. 기차로 가면 역에서 경찰에게 잡힐 거야. 강 반대편에는 날 아는 사람이 하나도 없어, 거긴 정글뿐이거든."

러스티는 키션이 그동안 얼마나 유능하고 현실적으로 변했는지 깨닫고 놀랐다. 키션의 정신은 그의 신체보다 훨씬 더 빠르게 성장해서 노련한 모험가와 누더기를 걸친 부랑아의 모습이 묘하게 뒤섞여 있었다. 한 달 전만 해도 키션은 러스티에게 매달리며 자신을 보호해달라고 애원했지만, 이제는 러스티가 키션에게 어떻게 해야 할지 의견을 구하는 쪽이 되었다.

'사람들이 내가 데라에서 없어진 걸 눈치챌까?' 러스티는 생각했다. '어쨌든 내가 그곳을 떠난 건 얼마 안 되었는데, 이상하게도 모든 게 오래된 기억처럼 느껴져… 내가 돌아가도 지붕 위 방은 여전히 비어 있겠지. 그런 방에서 살만큼 정신이 나간 사람은 나 말고는 없을 거야… 난 아무 일도 없었던 것처럼 그 방으로 돌아갈 거고. 무슨 일이 일어났는지 눈치채는 사람도 없겠지.'

* * *

해가 지면서 사원은 흰색에서 황금색으로, 황금색에서 오렌지색으로, 오렌지색에서 분홍색으로, 분홍색에서 진홍색으로 바뀌어 갔다. 그 모든 색채가 순서대로 주위를 둘러싼 강물에 비쳤다.

시끄러운 소리가 서서히 잦아들면서 밤이 왔다.

키션과 러스티는 사원 계단 위에서 잤다. 따뜻한 밤이었고, 공기는 후덥지근하고 무거웠다. 그늘에는 집도 없고 지붕도 없는 사람들 몇몇이 모여 누워 있었다. 그들은 그저 밤을 보내기 위해 잠을 청하고 있을 뿐이었다. 러스티는 자다 깨다 하면서 배가 아파 자주 깼다. 배고픔이라는 낯선 고통을 참을 수 없었다.

23장

나는
모든 것이에요

계단과 강가의 저수지가 활기를 띠기 전에, 키션과 러스티는 나룻배에 올라탔다. 배는 종일 강을 건너면서 돈 한 푼 받지 않고 순례자들을 이 사원에서 저 사원으로 데려다줄 것이다. 아주 이른 시간이었고, 강을 건너는 첫 배였지만, 뱃삯이 무료였기 때문에 사람들로 붐볐다.

배에 탄 사람들은 러스티가 기차에서 만난 사람들보다 더 다양했다. 여자들과 아이들, 수염 난 노인들, 주름진 얼굴의 노파들, 건장한 젊은 농부들. 부자나 상인들은 보이지 않았고, 대부분은 가난한 사람들이었다. 다들 갠지스강의 성스러운 물에 몸을 씻기 위해 수십 킬로미터씩 걸어온 사람들이었다.

강기슭의 계단은 분주해지기 시작했다. 전날 들렸던 아이들의 고함과 승려들의 기도와 의식을 올리는 소리가 어제와 똑같이, 단조롭지만 깊은 신심으로, 같은 음조로 울려 퍼졌다. 시간을 초월한 분위기 속에서 그것들은 다시 반복되었다. 계단에는 샌들 신은 발, 슬리퍼를 신은 발과 맨발의 발걸음 소리가 뒤섞여 울렸다. 사람들로 무겁게 가라앉은 배는 물 위에 낮게 떠 있었고, 노잡이들은 물살에 떠밀리지 않으려 상류를 향해 힘겹게 노를 저었다. 비바람에 거칠어진 그들의 피부가 햇볕에 반짝이며 꿈틀거렸다. 노는 물살을 가르며 들어왔다 나갔다 반복했고, 노잡이들은 신음을 흘리며 노를 젓는 박자를 외쳤다.

키션과 러스티는 배 한가운데 사람들 사이에서 찌부러진 채 앉아 있었다. 이제 더는 헤어질 가능성은 없었지만, 그럼에도 둘은 손을 꼭 잡고 있었다.

이윽고 배에 탄 사람들이 노래를 부르기 시작했다. 처음에는 낮은 콧노래였지만, 누군가 맑고 순수한 목소리로 노래를 시작했다. 그 목소리를 듣자 러스티는 소미가 떠올랐다. 그는 봄이 되면 소미가 데라에 돌아올 거라는 생각으로 마음을 달 랬다.

사람들은 노 젓는 박자에 맞춰 노래를 불렀다. 노가 물속을 들락날락하는 소리, 노잡이들의 신음과 외침이 노랫가락에 스며들어 하나가 되었다. 백발에 얼굴 가득 깊은 주름이 팬 한 늙은 여인이 말했다. "아이들이 부르는 노랫소리는 참 아 름다워."

"그럼 할머니도 노래를 부르셔야죠." 러스티가 말했다.

여인이 그에게 미소를 지어 보였다. 이가 하나도 없는 다정 한 미소였다.

"넌 뭐니, 아가. 너도 우리랑 같은 인도인이니? 이 강에서 너 처럼 파란 눈에 금발 머리는 본 적이 없는데…."

"난 아무것도 아니고, 모든 것이에요." 러스티는 무뚝뚝하면 서도 자랑스럽게 말했다.

"그럼 너의 집은 어디니?"

"난 집이 없어요." 러스티는 그것도 자랑스러워하며 말했다.

"네 옆에 있는 그 아이는 누구니? 너랑 무슨 관계야?" 정말 참견하기 좋아하는 그 노부인이 물었다.

러스티는 대답하지 않았다. 그도 마음속으로 같은 질문을 하고 있었다. 키션이 그에게는 어떤 존재인가? 이거 하나는 확실했다. 둘 다 난민—세상천지에 갈 곳이 없는 처지고… 둘 다 서로의 피난처이자, 서로에게 의지가 되는 존재이며, 서로 돕는 사이라는 것. 키션은 다른 사람들과 절연한 야생의 아이고, 러스티는 그런 그를 이해하는 유일한 사람이다. 러스티 역시 세상과 절연했으므로 두 사람의 유대는 쉽게 끊어지지 않을 것이다. 그들은 서로를 잘 알고 사랑하는 유일한 사람들이니까.

이 유대 때문에 러스티는 돌아가야 했다. 그는 안도하는 마음으로 돌아갔다. 그의 귀환이 정당화됐으니까.

러스티는 손을 배 옆으로 내밀어 물 위에 늘어뜨렸다. 그들 곁을 지나 멀리 사라지는 강물의 감촉을 기억하고 싶었다. 이 물은 바다로 갈 것이고, 바다는 곧 삶이다.

러스티는 도망칠 수 없었다. 그는 자기가 만든 삶에서 벗어날 수 없었고, 후견인의 집을 떠났던 그날 밤에 빠져든 바다와 같은 삶을 피할 수 없었다. 그는 이제 돌아가야 했다. 집으로, 지붕 위의 그 방으로.

배가 물가에 닿자 노래는 서서히 잦아들었다. 사람들은 배에서 내려 반들반들한 조약돌들 위를 걸었다. 강가에서 솟아난 숲이 그들을 손짓하며 부르고 있었다.

러스티는 피크닉을 갔던 날의 숲을 떠올렸다. 메나 부인의 손을 잡았던 곳, 숲과 메나의 마법이 되살아났다.

"언젠가는 우리 꼭 숲에서 살아야 해." 러스티가 말했다.

"언젠가는." 키션이 그렇게 말하고 웃었다. "하지만 지금은 걸어서 돌아가야 해. 지붕 위의 방으로 돌아가자! 그건 우리의 방이니 돌아가야 해!"

그들은 돌아가야 했다. 가서 물가에서 목욕하고, 아침에 사람들이 떠드는 수다를 듣고, 과일나무 아래 앉고, 떠들썩한 시장에서 챠트를 먹고 어쩌면 지붕 위에 정원을 만들지도 모른다. 먹고 자고, 일하고, 살고 그리고 죽을 것이다.

키션이 웃었다.

"러스티 형은 언젠가 위대해질 거야. 작가나 배우나 수상이나 뭐 그런 게 되겠지. 어쩌면 시인이 될지도! 안 될 것도 없잖아, 러스티?"

러스티는 미소를 지었다. 그는 자신이 미소 짓고 있다는 걸 알고 있었다. 그 미소는 자신을 향한 것이었으니까.

"그래, 시인이 안 될 것도 없잖아?" 러스티가 중얼거렸다. 그리고 그 둘은 걷기 시작했다.

그들 앞에 숲과 침묵, 그리고 남아 있는 시간이 펼쳐져 있었다.

무라카미 하루키라고 일본 소설가가 있는데 소설만큼이나 그의 에세이를 좋아하는 팬들이 많습니다. 저도 그런데 그의 에세이 중 특히 좋아하는 책은 그가 유럽 여행을 다녀와서 쓴 《먼 북소리》입니다. 그는 이 책을 쓰게 된 계기를 이렇게 적었습니다.

"어느 날 아침 눈을 뜨고 귀를 기울여 들어보니 어디선가 멀리서 북소리가 들려왔다. 아득히 먼 곳에서, 아득히 먼 시간 속에서 그 북소리는 울려왔다. 그 소리를 듣고 있는 동안, 나는 왠지 긴 여행을 떠나야 만 할 것 같은 생각이 들었다."

　아주 낭만적이지 않나요? 북소리를 듣고 여행을 떠날 마음을 먹게 됐다니. 오랜 시간이 흐른 후 러스킨 본드의 소설《지붕 위의 방》을 번역하며 놀랐습니다. 주인공 러스티가 모험을 떠나게 된 계기가 숲속에서 울려 퍼지는 친구 란비르의 북소리였거든요. 하루키가 이 소설을 읽었을 리는 없지만 정말 재미있는 우연의 일치라고 생각했습니다.

　《지붕 위의 방》은 1934년 인도에서 태어난 작가 러스킨 본드의 반 자전적인 이야기입니다. 영국인 아버지와 영국계 인도인 어머니 사이에서 태어난 혼혈 작가는 열일곱 살에 이 소설을 썼습니다. 세월이 흘렀는데도 이 책이 청소년들에게 사랑받는 이유는 바로 '청소년이 쓴 청소년 소설'이기 때문이라는 생각이 들었습니다. 그만큼 이 소설은 17세 소년 러스티가 느끼는 미래에 대한 불안, 인생에서 중요한 모든 결정을 후견인에게 맡겨야 하는 무력감, 가슴 떨리는 첫사랑, 옆에 있으면 든든한 친구와의 우정, 심장을 쿵쿵 뛰게 하는 모험에 대한 갈망이 굉장히 생생하고 실감 나게 그려져 있습니다.

거울을 보면 외면하고 싶은 여드름, 주위 사람들과 다르게 혼자 튀는 금발에 푸른 눈, 마을 외곽 유럽인 거주지에서 노인들과 지내야 하는 고독한 생활, 그리고 강압적인 후견인. 그런 러스티가 어느 날 길가에서 우연히 '소미'라는 소년을 만나게 됩니다 그때부터 러스티의 인생은 조금씩 하지만 확실하게 달라지고, 같이 축제에 놀러 가자고 찾아와 숲에서 북을 두드리는 란비르를 따라가면서 그의 인생은 완전히 다른 방향으로 접어듭니다. 러스티가 무미건조하고 무색무취의 유럽인 거주지를 떠나 색과 빛, 열기로 소용돌이치는 인도의 삶에 뛰어들어 폭풍처럼 성장하는 이 이야기는 아름다우면서도 감동적입니다.

인도가 영국 식민 지배에서 독립해 원래의 거대하고 웅장한 나라로서 자신의 힘을 되찾기 시작한 시기에 러스티 역시 후견인에게 두들겨 맞고 주눅 들어 살던 소년에서 어느새 일자리를 찾고, 친구들을 사귀고, 아름다운 여인을 짝사랑하고, 글을 써서 시인이 되겠다는 꿈을 꾸게 됩니다. 이 모든 사건의 배경에 이국적이고 생기 넘치는 인도의 풍경이 자리 잡고 있는데, 이는 소설의 또 다른 매력으로 독자를 끌어들입니다. 공동 우물가에서 매일 아침 마주치는 짤랑거리는 발찌 소리를 내는 유모들과 아기들, 시장을 어슬렁거리며 제멋대로 돌아다니는 소들, 굶주린 개들, 숲에서 마주치는 신비한 사슴들, 시장 사람들, 걸인들, 나무들, 머리털이 다 뽑힌 새들, 다람쥐들. 새끼를 품에 안은 채 뛰어다니는 원숭이들….《지붕 위의 방》을 읽다 보면 어느새 나도 인도 시장에 들어가 소년들과 같이 챠트를 먹고 시장의 대장인 암소를 피해 걸어 다니고, 싸구려 장난감 장수에게 가서 알록달록한 장난감을 사고, 숲으로 들어가 부드러운 풀밭에 누워 낮잠을 자고 싶은 충동이 일어납니다.

북소리를 따라 떠난 모험에서 러스티는 굶주림에 시달리고, 사랑하는 친구들이 하나둘씩 떠나고, 일자리를 잃는 시련에도 지지 않습니다. 그런 슬픔과 괴로움의 한복판에서도 창문으로 들어온 덩굴 하나 다치지 않게 하려 조심하고, 자신이 가르치는 어린 키션을 걱정하고, 우물가에서 만나는 유모들과 아이들을 애정 어린 눈길로 바라봅니다. 그렇게 러스티는 막연한 불안과 우울에 시달리던 아이에서 어떻게든 사랑하는 인도를 떠나지 않은 채 다가올 미래에 정면으로 맞서겠다고 결심하는 마음이 따뜻한 소년으로 자랍니다.

우리는 모두 북소리를 따라 모험을 떠날 수는 없지만, 이 책을 통해 러스티와 함께 길을 나설 수 있습니다. 인도의 풍경들, 소리들, 사람들을 통해 우리 마음속에 도사리고 있는 정체를 알 수 없는 불안, 우울, 무력감을 떨치게 될지도 모릅니다. 자, 이제 란비르의 북소리를 따라가 볼까요? 분명 아주 특별한 모험이 될 것입니다.

생각학교 클클문고

지붕 위의 방

초판 1쇄 인쇄 2026년 2월 13일
초판 1쇄 발행 2026년 2월 24일

지은이 | 러스킨 본드
옮긴이 | 박산호

발행인 | 박재호
주간 | 김선경
편집팀 | 허지희
마케팅팀 | 김용범

디자인 | 형태와내용사이
종이 | 세종페이퍼
인쇄 · 제본 | 한영문화사

발행처 | 생각정원
출판신고 | 제25100-2011-000321호
주소 | 서울시 마포구 양화로 156(동교동) LG 팰리스 612-2호
전화 | 02-334-7932 팩스 | 02-334-7933
전자우편 | 3347932@gmail.com

ⓒ 러스킨 본드 2026

ISBN 979-11-93811-71-9 (43840)